静山社ペガサス文庫

ハリー・ポッターとアズカバンの囚人〈3-2〉

J.K.ローリング 作　松岡佑子 訳

JM080217

ハリー・ポッターとアズカバンの囚人3－2　もくじ

第12章　守護霊……7
第13章　グリフィンドール対レイブンクロー……38
第14章　スネイプの恨み……65
第15章　クィディッチ優勝戦……100
第16章　トレローニー先生の予言……136

第17章 猫、ネズミ、犬……163
第18章 ムーニー、ワームテール、パッドフット、プロングズ……190
第19章 ヴォルデモート卿の召使い……204
第20章 吸魂鬼のキス……240
第21章 ハーマイオニーの秘密……254
第22章 再びふくろう便……301

ハリー・ポッターとアズカバンの囚人3-2 人物紹介

ハリー・ポッター
主人公。ホグワーツ魔法魔術学校の三年生。緑の目に黒い髪、額には稲妻形の傷がある。幼いころに両親を亡くし、人間(マグル)界で育ったので、自分が魔法使いであることを知らなかった

リーマス・ルーピン
「闇の魔術に対する防衛術」の新しい先生。みすぼらしい身なりだが、生徒からの信頼は厚い

シビル・トレローニー
「占い学」の先生。霧のかなたから聞こえるような声で、授業のたびにハリーの死を予言する

シリウス・ブラック
脱獄不能のアズカバンを脱走した凶悪犯。ハリーの命をねらっているらしい

ピーター・ペティグリュー
ハリーの父親、ジェームズの友人。ドジで、いつも優秀な友人たちに憧れていたが、十二年前の事件でシリウスを追いつめ……

カドガン卿
「太った婦人」にかわり、グリフィンドール寮の入口を固める絵の中の騎士

クルックシャンクス
オレンジ色でガニマタの猫。ハーマイオニーのペット

スキャバーズ
ロンのペットのネズミ。年のせいか、やせおとろえて元気がない

バックビーク
ヒッポグリフという半鳥半馬の魔法生物。ハグリッドのペットだが、ドラコにけがをさせた

コーネリウス・ファッジ
魔法大臣。細じまのマントにライム色の山高帽をかぶった風変わりな人物

吸魂鬼
アズカバンの看守。ヒトの幸福な気持ちを吸い尽くす、穢れた生き物

ヴォルデモート（例のあの人）
最強の闇の魔法使い。多くの魔法使いや魔女を殺したが、なぜかハリーには呪いが効かなかった

To Jill Prewett and Aine Kiely,
the Godmothers of Swing

スイング・クラブの後見人(ゴッドマザーズ)たち
ジル・プルウェットとエイン・キーリーに

Original Title: HARRY POTTER AND THE PRISONER OF AZKABAN

First published in Great Britain in 1999
by Bloomsbury Publishing Plc, 50 Bedford Square, London WC1B 3DP

Text © J.K. Rowling 1999

Wizarding World is a trade mark of Warner Bros. Entertainment Inc.
Wizarding World Publishing and Theatrical Rights © J.K. Rowling

Wizarding World characters, names and related indicia are TM and © Warner Bros.
Entertainment Inc. All rights reserved

All characters and events in this publication, other than those
clearly in the public domain, are fictitious and any resemblance
to real persons, living or dead, is purely coincidental.

No part of this publication may be reproduced, stored
in a retrieval system, or transmitted, in any form, or by any means, without
the prior permission in writing of the publisher, nor be otherwise circulated
in any form of binding or cover other than that in which it is published
and without a similar condition including this condition being
imposed on the subsequent purchaser.

Japanese edition first published in 2001
Copyright © Say-zan-sha Publications, Ltd. Tokyo

This book is published in Japan by arrangement with
the author through The Blair Partnership

第12章　守護霊

ハーマイオニーは善意でやったことだ。ハリーにもそれはわかっていたが、やはり腹が立った。世界一の箒の持ち主になれたのはほんの数時間。今はハーマイオニーのおせっかいのおかげで、もう二度とあの箒に会えるかどうかさえわからない。今ならファイアボルトにどこもおかしいところはないとはっきり言えるが、あれやこれやと呪い崩しのテストをかけられたら、どんな状態になってしまうのだろう？

ロンもハーマイオニーにカンカンに腹を立てていた。新品のファイアボルトをバラバラにするなんて、ロンにしてみれば、まさに犯罪的な破壊行為だ。ハーマイオニーはためになることをしたという揺るぎない信念で、やがて談話室をさけるようになった。ハリーとロンは、ハーマイオニーが図書館に避難したのだろうと思い、談話室に戻るよう説得しようともしなかった。結局、年が明けてまもなく、みんなが学校に戻り、グリフィンドール塔がまたガヤガヤと混み合ってきたのが、二人にはうれしいことだった。

学期が始まる前の夜、ウッドがハリーを呼び出した。
「いいクリスマスだったか？」
ウッドが聞いた。そして答えも聞かずに座り込み、声を低くして言った。
「ハリー、俺はクリスマスの間、いろいろ考えてみた。前回の試合のあとだ。わかるだろう。もしも次の試合に吸魂鬼が現れたら……つまり……君があんなことになると――その――」
ウッドは困りはてた顔で言葉を切った。
「僕、対策を考えてるよ」
ハリーが急いで言った。
「ルーピン先生が吸魂鬼防衛術の訓練をしてくれるっておっしゃった。今週中には始めるはずだ。クリスマスのあとなら時間があるっておっしゃってたから」
「そうか」
ウッドの表情が明るくなった。
「うん、それなら――ハリー、俺は、シーカーの君を絶対に失いたくなかったんだ。ところで、新しい箒は注文したか？」
「ううん」

「なに！　早いほうがいいぞ、いいか――レイブンクロー戦で『流れ星』なんかには乗れないぜ！」
「ハリーは、クリスマスプレゼントに『ファイアボルト』をもらったんだ」ロンが言った。
「ファイアボルト？　まさか！　ほんとか？　ほ、本物のファイアボルトか？」
「興奮しないで、オリバー」
ハリーの顔が曇った。
「もう僕の手にはないんだ。取り上げられちゃった」
ハリーはファイアボルトが呪い調べを受けるようになった一部始終を説明した。
「呪い？　なんで呪いがかけられるっていうんだ？」
「シリウス・ブラック」
ハリーはうんざりした口調で答えた。
「僕をねらってるらしいんだ。だからマクゴナガル先生が、箒を送ったのはブラックかもしれないって」
「しかし、ブラックがファイアボルトを買えるわけがない！　逃亡中だぞ！　国中がヤツを見張ってるようなもんだ！『高級クィディッチ用具店』にのこのこ現れて、箒なんか買えるか？」

かの有名な殺し屋が、チームのシーカーをねらっているという話はうっちゃったまま、ウッドが言った。
「僕もそう思う」ハリーが言った。「だけどマクゴナガルは、それでも箒をバラバラにしたいんだって」
ウッドは真っ青になった。
「ハリー、俺が行って話してやる」
ウッドがうけ合った。
「言ってやるぞ。物の道理ってもんがある。……ファイアボルトかぁ……わがチームに、本物のファイアボルトだ……マクゴナガルも俺たちと同じくらい、グリフィンドールに勝たせたいんだ……俺が説得してみせるぞ……ファイアボルトかぁ……」

学校は次の週から始まった。震えるような一月の朝に、戸外で二時間の授業を受けるのは、誰だってできれば勘弁してほしい。しかし、ハグリッドは大きなたき火の中に火トカゲをたくさん集めて、生徒を楽しませた。みんなで枯れ木や枯れ葉を集めて、たき火を明々と燃やし続け、炎大好きの火トカゲは白熱した薪が燃え崩れる中をチョロチョロかけ回り、その日はめずらしく楽しい授業になった。それに引きかえ、「占い学」の新学期一日目は楽しくはなかった。トレローニー先生は今度は手相を教えはじめたが、いちはやく、これまで見た手相の中で生命線が一番短いとハリーに告げた。

「闇の魔術に対する防衛術」、これこそハリーが始まるのを待ちかねていたクラスだった。ウッドと話をしてからは、一刻も早く吸魂鬼祓いの訓練を始めたかった。

授業のあと、ハリーはルーピン先生にこの約束のことを思い出させた。

「ああ、そうだったね。そうだな……木曜の夜、八時からではどうかな？『魔法史』の教室なら広さも充分ある。……どんなふうに進めるか、私も慎重に考えないといけないな……本物の吸魂鬼を城の中に連れてきて練習するわけにはいかないし……」

夕食に向かう途中、二人で廊下を歩きながら、ロンが言った。

「ルーピンはまだ病気みたい。そう思わないか？　いったいどこが悪いのか、君、わかる？」

二人のすぐ後ろで、いらいらしたように大きく舌打ちする音が聞こえた。ハーマイオニーだった。鎧の足元に座り込んで、本でパンパンになって閉まらなくなったかばんを詰めなおしていた。

「なんで僕たちに向かって舌打ちなんかするんだい？」ロンがいらいらしながら言った。

「何でもないわ」かばんをよいしょと背負いながら、ハーマイオニーがとりすました声で言った。

「いや、何でもあるよ」
ロンが突っかかった。
「僕が、ルーピンはどこが悪いんだろうって言ったら、君は――」
「あら、そんなこと、わかりきったことじゃない？」
しゃくにさわるような優越感を漂わせて、ハーマイオニーが言った。
「教えたくないなら、言うなよ」ロンがピシャッと言った。
「あら、そう」ハーマイオニーは高慢ちきにそう言うと、つんけんと歩き去った。
「知らないくせに」ロンは憤慨して、ハーマイオニーの後ろ姿をにらみつけた。
「あいつ、僕たちにまた口をきいてもらうきっかけが欲しいだけさ」

木曜の夜八時、ハリーはグリフィンドール塔を抜け出し、「魔法史」の教室に向かった。着いたときには教室は真っ暗で、誰もいなかった。杖でランプをつけ、待っていると、ほんの五分ほどでルーピン先生が現れた。荷造り用の大きな箱を抱えている。それをビンズ先生の机によいしょと下ろした。
「何ですか？」ハリーが聞いた。

「またまね妖怪だよ」ルーピン先生がマントを脱ぎながら言った。
「火曜日からずっと、城をくまなく探したら、幸い、こいつがフィルチさんの書類棚の中にひそんでいてね。本物の吸魂鬼に一番近いのはこれだ。君を見たら、こいつは吸魂鬼に変身するから、それで練習できるだろう。使わないときは私の事務室にしまっておけばいい。まね妖怪の気に入りそうな戸棚が、私の机の下にあるから」
「はい」――何の不安もありません。ルーピン先生が本物のかわりにこんないいものを見つけてくださってうれしいです――ハリーは努めてそんなふうに聞こえるように返事をした。
「さて……」ルーピン先生は自分の杖を取り出し、ハリーにも同じようにするようながした。
「ハリー、私がこれから君に教えようと思っている呪文は、非常に高度な魔法だ――いわゆる〝標準魔法レベル（O・W・L）〟資格をはるかに超える。『守護霊の呪文』と呼ばれるものだ」
「どんな力を持っているのですか？」ハリーは不安げに聞いた。
「そう、呪文がうまく効けば、守護霊が出てくる。いわば、吸魂鬼を祓う者――保護者だ。これが君と吸魂鬼との間で盾になってくれる」
ハリーの頭の中で、とたんに、大きな棍棒を持って立つハグリッドくらいの巨大な姿と、その陰にうずくまる自分の姿が目に浮かんだ。ルーピン先生が話を続けた。

「守護霊は一種のプラスのエネルギーで、吸魂鬼はまさにそれを貪り食らって生きる――希望、幸福、生きようとする意欲などを。――しかし守護霊は、本物の人間なら感じる『絶望』というものを感じることができない。だから吸魂鬼は守護霊を傷つけることができない。ただし、ハリー、一言言っておかねばならないが、この呪文は君にはまだ高度過ぎるかもしれない。一人前の魔法使いでさえ、この魔法にはてこずるほどだ」

「守護霊ってどんな姿をしているのですか？」ハリーは知りたかった。

「それを創り出す魔法使いによって、一つ一つがちがうものになる」

「どうやって創り出すのですか？」

「呪文を唱えるんだ。何か一つ、一番幸せだった思い出を、渾身の力で思いつめたときに、初めてその呪文が効く」

ハリーは幸せな思い出をたどってみた。ダーズリー家でハリーの身に起こったことは、何一つそれに当てはまらないことだけはたしかだ。やっと、最初に箒に乗ったときのあの瞬間だ、と決めた。

「わかりました」

ハリーは体を突き抜けるような、あのすばらしい飛翔感をできるだけ忠実に思い浮かべようとした。
「呪文はこうだ――」
ルーピンは咳払いをしてから唱えた。
「エクスペクト　パトローナム！　守護霊よ来たれ！」
「エクスペクト　パトローナム」ハリーは小声でくり返した。「守護霊よ来たれ」
「幸せな思い出に神経を集中してるかい？」
「ええ――はい――」ハリーはそう答えて、急いであの箒の初乗りの心に戻ろうとした。
「エクスペクト　パトロノ――ちがった、パトローナム――すみません――エクスペクト　パトローナム、エクスペクト　パトローナム――」
杖の先から、何かが急にシューッと噴き出した。一条の銀色の煙のようなものだった。
「見えましたか？」ハリーは興奮した。「何か、出てきた！」
「よくできた」ルーピンがほほ笑んだ。「よーし、それじゃ――吸魂鬼で練習してもいいかい？」
「はい」
ハリーは杖を固く握りしめ、がらんとした教室の真ん中に進み出た。ハリーは飛ぶことに心を集中させようとした。しかし、何か別のものがしつこく入り込んでくる――また母さんの声が、今にも聞こえるかもしれない……今は考えてはいけない、さもないとどうしてもまたあの声が聞こえてしまう。聞きたくない……それとも、聞きたいのだろうか？

ルーピンが箱のふたに手をかけ、引っ張った。

ゆらり、と吸魂鬼が箱の中から立ち上がった。フードに覆われた顔がハリーのほうを向いた。ぬめぬめと光るかさぶただらけの手が一本、マントを握っている。教室のランプが揺らめき、ふつりと消えた。吸魂鬼は箱から出て、音もなくするするとハリーのほうにやってくる。深く息を吸い込むガラガラという音が聞こえる。身を刺すような寒気がハリーを襲った——。

「エクスペクト　パトローナム！」ハリーは叫んだ。「守護霊よ来たれ！　エクスペクト——」

しかし、教室も吸魂鬼もしだいにぼんやりしてきた……ハリーはまたしても、深い白い霧の中に落ちていった。母親の声がこれまでよりいっそう強く、頭の中で響いた——。

「ハリーだけは！　ハリーだけは！　お願い——私はどうなっても——」

「どけ、どくんだ、小娘——」

「ハリー！」

ハリーはハッと我に返った。床に仰向けに倒れていた。教室のランプはまた明るくなっている。何が起こったか聞くまでもなかった。

「すみません」
ハリーは小声で言った。起き上がると、めがねの下を冷や汗が滴り落ちるのがわかった。
「大丈夫か？」ルーピンが聞いた。
「ええ……」ハリーは机にすがって立ち上がり、その机に寄りかかった。
「さあ――」ルーピンが「蛙チョコレート」をよこした。「これを食べるといい。それからもう一度やろう。一回でできるなんて期待してなかったよ。むしろ、もしできたら、びっくり仰天だ」
「ますますひどくなるんです」
蛙チョコレートの頭をかじりながら、ハリーがつぶやいた。
「母さんの声がますます強く聞こえたんです――それに、あの人――ヴォルデモート――」
ルーピンはいつもよりいっそう青白く見えた。
「ハリー、続けたくないなら、その気持ちは、私にはよくわかるよ――」
「続けます！」
ハリーは残りの蛙チョコを一気に口に押し込み、激しく言った。
「やらなきゃならないんです。レイブンクロー戦にまた吸魂鬼が現れたら、どうなるんです？

また落ちるわけにはいきません！　この試合に負けたら、クィディッチ杯は取れないんです！」

「よーし、わかった……。別な思い出を選んだほうがいいかもしれない。つまり、気持ちを集中できるような幸福なものを……さっきのは充分な強さじゃなかったようだ……」

ハリーはじっと考えた。そして、去年、グリフィンドールが寮対抗杯に優勝したときの気持ちが、とても幸福な思い出にぴったりだと思った。もう一度、杖をギュッと握りしめ、ハリーは教室の真ん中で身がまえた。

「いいかい？」ルーピンが箱のふたをつかんだ。

「いいです」

ハリーはグリフィンドール優勝の幸せな思いで頭をいっぱいにしようと懸命に努力した。箱が開いたら何が起こるかなどという、暗い思いはすてた。

「それ！」

ルーピンがふたを引っ張った。部屋は再び氷のように冷たく、暗くなった。吸魂鬼がガラガラと息を吸い込み、すべるように進み出た。朽ちた片手がハリーのほうに伸びてきた――。

「エクスペクト　パトローナム！」ハリーが叫んだ。「守護霊よ来たれ、エクスペクト　パト――」

白い霧がハリーの感覚をもうろうとさせた……大きな、ぼんやりした姿がいくつもハリーの周りを動いている……そして、初めて聞く声、男の声が、引きつったように叫んだ――。

「リリー、ハリーを連れて逃げろ！　あいつだ！　行くんだ！　早く！　僕が食い止める――」

誰かが部屋からよろめきながら出ていく音――ドアがバーンと開く――かん高い笑い声が響く――。

「ハリー！　ハリー……しっかりしろ……」

ルーピンがハリーの顔をピシャピシャたたいていた。なぜほこりっぽい床に倒れているのか、今度はそれがわかるまで少し時間がかかった。

「父さんの声が聞こえた」ハリーは口ごもった。「父さんの声は初めて聞いた――母さんが逃げる時間をつくるのに、一人でヴォルデモートと対決しようとしたんだ……」

ハリーは突然、冷や汗に混じって涙がほおを伝うのに気づいた。ハリーはできるだけ顔を低くして、靴のひもを結んでいるふりをしながら、涙をローブでぬぐい、ルーピンに気づかれないようにした。

「ジェームズの声を聞いた？」ルーピンの声に不思議な響きがあった。

「ええ……」涙をふき、ハリーは上を見た。「でも――先生は僕の父をご存じない、でしょう？」

「わ――私は、実は知っている。ホグワーツでは友達だった。さあ、ハリー――今夜はこのぐらいでやめよう。この呪文はとてつもなく高度だ……。言うんじゃなかった、君にこんなことをさせるなんて……」

「ちがいます！」ハリーは再び立ち上がった。

「僕、もう一度やってみます！　僕の考えたことは、充分に幸せなことじゃなかったんです。きっとそうです……ちょっと待って……」

ハリーは必死で考えた。ほんとうに、ほんとうに幸せな思い出……しっかりした、強い守護霊に変えることができる思い出……。

初めて自分が魔法使いだと知ったとき、ダーズリー家を離れてホグワーツに行くとわかったとき！　あの思い出が幸せと言えないなら、何が幸せと言えよう……。プリベット通りを離れられるとわかったときのあの気持ちに全神経を集中させ、ハリーは立ち上がって、もう一度箱と向き合った。

「いいんだね？」

ルーピンは、やめたほうがよいのでは、という思いをこらえているような顔だった。

「気持ちを集中させたね？　行くよ――それ！」

ルーピンは三度、箱のふたを開けた。吸魂鬼が中から現れた。部屋が冷たく暗くなった――。

「エクスペクト　パトローナム！」ハリーは声を張り上げた。

「守護霊よ来たれ！　エクスペクト　パトローナム！」

ハリーの頭の中で、また悲鳴が聞こえはじめた――しかし、今度は、周波数の合わないラジオの音のようだ。低く、高く、また低く……しかも、ハリーにはまだ吸魂鬼が見えていた……吸魂鬼が立ち止まった……そして、大きな、銀色の影がハリーの杖の先から飛び出し、吸魂鬼とハリーの間に漂った。足の感覚はなかったが、ハリーはまだ立っている……あとどのくらい持ちこたえられるかはわからない……。

「リディクラス！」ルーピンが飛び出してきて叫んだ。

バチンと大きな音がして、吸魂鬼が消え、もやもやしたハリーの守護霊も消えた。ハリーは椅子にくずおれた。足は震え、何キロも走ったあとのようにつかれきっていた。見るともなく見ていると、ルーピン先生が自分の杖で、まね妖怪を箱に押し戻しているところだった。まね妖怪は、また銀色の玉に変わっていた。

「よくやった！」

へたり込んでいるハリーのところへ、ルーピン先生が大股で歩いてきた。

「よくできたよ、ハリー！　立派なスタートだ！」
「もう一回やってもいいですか？　もう一度だけ？」
「いや、今はダメだ」ルーピンがきっぱり言った。「一晩にしては充分過ぎるほどだ。さあ――」
ルーピンは「ハニーデュークス菓子店」の大きな最高級板チョコを一枚、ハリーに渡した。
「全部食べなさい。そうしないと、私はマダム・ポンフリーにこっぴどくおしおきされてしまう。来週、また同じ時間でいいかな？」
「はい」ハリーはチョコレートをかじりながら、ルーピンがランプを消すのを見ていた。吸魂鬼が消えると、ランプには元どおりに灯がともっていたのだ。
「ルーピン先生？」ハリーがあることを思いついた。「僕の父をご存じなら、シリウス・ブラックのこともご存じなのでしょう」
ルーピンがぎくりと振り返った。
「どうしてそう思うんだね？」きつい口調だった。
「別に――ただ、僕、父とブラックもホグワーツで友達だったと知ったものですから」
ルーピンの表情がやわらいだ。
「ああ、知っていた」さらりとした答えだ。「知っていると思っていた、と言うべきかな。ハリー、もう帰ったほうがいい。だいぶ遅くなった」

ハリーは教室を出て、廊下を歩き、角を曲がり、そこで寄り道をして甲冑の陰に座った。鎧の台座に腰かけ、チョコレートの残りを食べながら、ハリーはブラックのことなど言わなければよかったと思った。ルーピンがこの話題をさけているのは明らかだった。それからハリーの心はまた父と母のことに流れていった……。

チョコレートをいっぱい食べたのに、ハリーはつかれはて、言い知れない空虚な気持ちだった。頭の中で、両親の最後の瞬間の声がくり返されるのは、たしかに恐ろしいが、幼いころから一度も両親の声を聞いたことがないハリーには、この時だけが声を聞けるチャンスなのだ。しかし、また両親の声を聞きたいと心のどこかで思っていたのでは、けっしてちゃんとした守護霊を創り出すことなどできない……。

「二人とも死んだんだ」

ハリーはきっぱりと自分に言い聞かせた。

「死んだんだ。二人の声のこだまを聞いたからって、父さんも、母さんも帰ってはこない。クィディッチ優勝杯が欲しいなら、ハリー、しっかりしろ」

ハリーはすっくと立った。チョコレートの最後の一かけらを口に押し込み、ハリーはグリフィンドール塔に向かった。

レイブンクロー対スリザリン戦が、学期が始まってから一週目に行われた。スリザリンが勝った――僅差だったが。ウッドによれば、これはグリフィンドールには喜ばしいことだった。グリフィンドールがレイブンクローを破れば、グリフィンドールが二位に浮上する。そこでウッドはチーム練習を週五日に増やした。こうなると、ルーピンの吸魂鬼祓いの練習――これだけでクィディッチの練習六回分より消耗する――を加えると、ハリーは残る一晩で一週間の宿題全部をこなさなければならなかった。

それでも、ハーマイオニーのストレスに比べれば、ハリーのはさほど表に出ていなかった。さすがのハーマイオニーも、膨大な負担がついにこたえはじめた。毎晩、必ず、談話室の片隅にハーマイオニーの姿があった。テーブルをいくつも占領し、教科書やら、数占い表、古代ルーン文字の辞書やらマグルが重い物を持ち上げる図式、それに細かく書き込んだノートの山また山を広げていた。ほとんど誰とも口をきかず、じゃまされるとどなった。

「いったいどうやってるんだろ？」

ある晩、ハリーがスネイプの「検出できない毒薬」のやっかいなレポートを書いているとき、ロンがハリーに向かってつぶやいた。ハリーは顔を上げた。うずたかく積まれた今にも崩れそうな本の山に隠れて、ハーマイオニーの姿はほとんど見えない。

「何を？」

「あんなにたくさんのクラスをさ」ロンが言った。

「今朝、ハーマイオニーが『数占い』のベクトル先生と話してるのを聞いちゃったんだ。きのうの授業のことを話してるのをさ。だけど、ハーマイオニーはきのう、その授業に出られるはずないよ。だって、僕たちと一緒に『魔法生物飼育学』にいたんだから。それに、アーニー・マクミランが言ってたけど、『マグル学』のクラスも休んだことがないって。だけど、そのうち半分は『占い学』とおんなじ時間なんだぜ。こっちも皆勤じゃないか！」

その時ハリーには、ハーマイオニーの不可解な時間割の秘密を深く考える余裕はなかった。スネイプの宿題をせっせと片づけなければならなかった。ところが、そのすぐあと、またじゃまが入った。今度はウッドだ。

「ハリー、悪い知らせだ。マクゴナガル先生にファイアボルトのことで話をしにいってきた。先生は――その――ちょっと俺に対しておかんむりでな。俺が本末転倒だって言うんだ。君が生きるか死ぬかより、クィディッチ優勝杯のほうが大事だと思ってるんじゃないかって言われちまった。俺はただ、スニッチを捕まえたあとだったら、君が箒から振り落とされたってかまわないって、そう言っただけなんだぜ」

ウッドは信じられないというように首を振った。

「まったくマクゴナガルのどなりようったら……まるで俺が何かひどいことを言ったみたいじゃないか。そこで俺は、あとどのくらい長く箒を押さえておくつもりかって先生に聞いてみた……」

ウッドは顔をしかめし、マクゴナガル先生の厳しい声をまねした。

『ウッド、必要なだけ長くです』……ハリー、今や新しい箒を注文すべき時だな。『賢い箒の選び方』の本の後ろに注文書がついてるぞ……ニンバス２００１なんかどうだ。マルフォイと同じやつ」

「マルフォイがいいと思ってるやつなんか、僕、買わない」ハリーはきっぱり言った。

知らぬ間に一月が過ぎ、二月になった。相変わらず厳しい寒さが続いた。レイブンクロー戦がどんどん近づいてきたが、ハリーはまだ新しい箒を注文していなかった。変身術の授業のあとで、ハリーは毎回、マクゴナガル先生にファイアボルトがどうなったか尋ねるようになっていた。ロンはもしやの期待を込めてハリーのかたわらに立ち、ハーマイオニーはそっぽを向いて急いでその脇を通り過ぎた。

「いいえ、ポッター、まだ返すわけにはいきません」

十二回もそんなことがあったあと、マクゴナガル先生は、ハリーがまだ口を開きもしないうちにそう答えた。

「普通の呪いは大方調べ終わりました。ただし、フリットウィック先生が、あの箒には『うっちゃりの呪い』がかけられているかもしれないとお考えです。調べ終わったら、私からあなたにお教えします。しつこく聞くのは、もういいかげんにおやめなさい」

さらに悪いことに、吸魂鬼祓いの訓練は、なかなかハリーが思うようにうまくは進まなかった。何回か訓練が続き、ハリーはボガート・吸魂鬼が近づくたびに、もやもやした銀色の影を創り出せるようになっていた。しかし、ハリーの守護霊は吸魂鬼を追い払うにはあまりにはかなげだった。せいぜい半透明の雲のようなものが漂うだけで、何とかその形をそこにとどめようとがんばると、ハリーはすっかりエネルギーを消耗してしまうのだった。ハリーは自分自身に腹が立った。両親の声をまた聞きたいと密かに願っていることを恥じていた。

「高望みしてはいけない」四週目の訓練のとき、ルーピン先生が厳しくたしなめた。

「十三歳の魔法使いにとっては、たとえぼんやりとした守護霊でも大変な成果だ。もう気を失ったりはしないだろう？」
「僕、守護霊が――吸魂鬼を追い払うか、それとも」ハリーががっかりして言った。「連中を消してくれるかと――そう思っていました」
「ほんとうの守護霊ならそうする。しかし、君は短い間にずいぶんできるようになった。次のクィディッチ試合に吸魂鬼が現れたとしても、しばらく遠ざけておいて、その間に地上に降りることができるはずだ」
「あいつらがたくさんいたら、もっと難しくなるって、先生がおっしゃいました」
「君なら絶対大丈夫だ」ルーピンがほほ笑んだ。
「さあ――ごほうびに飲むといい。『三本の箒』のだよ。今まで飲んだことがないはずだ――」
ルーピンはかばんから瓶を二本取り出した。
「バタービールだ！」ハリーは思わず口がすべった。「ウワ、僕大好き！」
ルーピンの眉が不審そうに動いた。
「あの――ロンとハーマイオニーがホグズミードから少し持ってきてくれたので」
ハリーはあわてて取りつくろった。
「そうか」ルーピンはそれでもまだふに落ちない様子だった。

「それじゃ――レイブンクロー戦でのグリフィンドールの勝利を祈って！　おっと、先生がどっちかに味方してはいけないな……」ルーピンが急いで訂正した。

二人はだまってバタービールを飲んでいたが、ハリーが口を開いた。気になっていたことだった。

「吸魂鬼の頭巾の下には何があるんですか？」

ルーピン先生は考え込むように、手にしたビール瓶を置いた。

「うーん……ほんとうのことを知っている者は、もう口がきけない状態になっている。つまり、吸魂鬼が頭巾を下ろすときは、最後の最悪の武器を使うときなんだ」

「どんな武器ですか？」

「『吸魂鬼の接吻』と呼ばれている」ルーピンはちょっと皮肉な笑みを浮かべた。

「吸魂鬼は、徹底的に破滅させたい者に対してこれを実行する。たぶんあの下には口のようなものがあるのだろう。やつらは獲物の口を自分の上下のあごで挟み、そして――餌食の魂を吸い取る」

ハリーは思わずバタービールを吐き出した。

「えっ――殺す――？」

「いや、そうじゃない。もっとひどい。魂がなくても生きられる。脳や心臓がまだ動いていればね。しかし、もはや自分が誰なのかわからない。記憶もない、まったく……何にもない。回復の見込みもない。ただ――存在するだけだ。からっぽの抜け殻となって。魂は永遠に戻らず……失われる」

ルーピンはまた一口バタービールを飲み、先を続けた。

「シリウス・ブラックを待ち受ける運命がそれだ。今朝の『日刊予言者新聞』にのっていたよ。魔法省が吸魂鬼に対して、ブラックを見つけたらそれを執行することを許可したようだ」

魂を口から吸い取られる――それを思うだけで、ハリーは一瞬ぼうぜんとした。それからブラックのことを考えた。

「当然の報いだ」ハリーが出し抜けに言った。

「そう思うかい？」ルーピンはさらりと言った。「そうされるのが当然の報いと言える人間がほんとうにいると思うかい？」

「はい」ハリーは挑戦するように言った。「そんな……そんな場合もあります……」

ハリーはルーピンに話してしまいたかった。「三本の箒」でもれ聞いてしまったブラックについての会話のこと、そして、ブラックが自分の父と母を裏切ったことを。しかし、それを打ち明ければ、許可なしにホグズミードに行ったことがわかってしまう。ルーピンはそれを知ったら感心しないだろうと、ハリーにはわかっていた。ハリーはバタービールを飲み干し、ルーピンにお礼を言って「魔法史」の教室を離れた。

吸魂鬼の頭巾の下には何があるかの答えがあまりにも恐ろしく、ハリーは聞かなければよかったと、半ば後悔した。魂を吸い取られるのはどんな感じなのだろうと、気の滅入るような想像に没頭していたので、階段の途中で、マクゴナガル先生にもろにぶつかってしまった。

「ポッター、どこを見て歩いているんですか！」

「すみません、先生」

「グリフィンドールの談話室に、あなたを探しにいってきたところです。さあ、受け取りなさい。私たちに考えつくかぎりのことはやってみましたが、どこもおかしなところはないようです——どうやら、ポッター、あなたはどこかによい友達をお持ちのようね……」

ハリーはポカンと口を開けた。先生がファイアボルトを差し出している。以前と変わらぬすばらしさだ。

「返していただけるんですか？」ハリーはおずおずと言った。「ほんとに？」

「ほんとうです」マクゴナガル先生は、なんと笑みを浮かべている。

「たぶん、土曜日の試合までに乗り心地を試す必要があるでしょう？　それに、ポッター――がんばって、勝つんですよ。いいですね？　さもないと、わが寮は八年連続で優勝戦から脱落です。つい昨夜、スネイプ先生が、ご親切にもそのことを思い出させてくださいましたしね……」

ハリーは言葉も出ず、ファイアボルトを抱え、グリフィンドール塔へと階段を上った。角を曲がったとき、ロンが全速力でこちらに走ってくるのが見えた。顔中で笑っている。

「マクゴナガルがそれを君に？　最高！　ねえ、僕、一度乗ってみてもいい？　あした？」

「ああ……なーんだっていいよ……」

ハリーはここ一か月でこんなに晴れ晴れとした気持ちになったことはなかった。

「そうだ――僕たち、ハーマイオニーと仲直りしなくちゃ。僕のことを思ってやってくれたことなんだから……」

「うん、わかった」ロンが言った。「今、談話室にいるよ――勉強してるよ、めずらしく」

二人がグリフィンドール塔に続く廊下にたどり着くと、そこにネビル・ロングボトムがいた。カドガン卿に必死に頼み込んでいるが、どうしても入れてくれないらしい。

「書きとめておいたんだよ」ネビルが泣きそうな声で訴えていた。「でも、それをどっかに落としちゃったにちがいないんだ！」
「下手な作り話だ！」カドガン卿がわめいた。それからハリーとロンに気づいた。
「こんばんは。お若い騎兵のお二人！　この不埒者に足枷をはめよ。内なる部屋に押し入ろうと計りし者なり！」
「いいかげんにしてよ」ロンが言った。ハリーとロンは、ネビルのそばまで来ていた。
「僕、合言葉をなくしちゃったの！」ネビルが情けなさそうに言った。
「今週どんな合言葉を使うのか、この人に教えてもらってみんな書いておいたの。だって、どんどん合言葉を変えるんだもの。なのに、メモをどうしたのか、わからなくなっちゃった！」
「オヅボディキンズ」
ハリーがカドガン卿に向かってそう言うと、残念無念という顔でカドガン卿の絵はしぶしぶ前に倒れ、三人を談話室に入れた。みんながいっせいにこちらを向き、急に興奮したざわめきが起こった。次の瞬間、ハリーは、ファイアボルトに歓声を上げる寮生に取り囲まれてしまった。
「ハリー、どこで手に入れたんだい？」
「僕にも乗せてくれる？」
「もう乗ってみた、ハリー？」

「レイブンクローに勝ち目はなくなったね。みんな『クリーンスイープ7号』に乗ってるんだもの！」

「ハリー、持つだけだから、いい？」

それから十分ほど、ファイアボルトは手から手へと渡され、あらゆる角度からほめそやされた。ようやくみんなが離れたとき、ハリーとロンはハーマイオニーの姿をしっかりとらえた。たった一人、二人のそばにかけ寄らなかったハーマイオニーは、かじりつくようにして勉強を続け、二人と目を合わさないようにしていた。ハリーとロンがテーブルに近づくと、ハーマイオニーがやっと目を上げた。

「返してもらったんだ」ハリーがニッコリしてファイアボルトを持ち上げて見せた。

「言っただろう？　ハーマイオニー。なーんにも変なとこはなかったんだ！」ロンが言った。

「あら――あったかもしれないじゃない！」ハーマイオニーが言い返した。「つまり、少なくとも、安全だってことが今はわかったわけでしょ！」

「うん、そうだね。僕、寝室に持っていくよ」ハリーが言った。

「僕が持っていく！」ロンはうずうずしていた。「スキャバーズにネズミ栄養ドリンクを飲ませないといけないし」

ロンはファイアボルトをまるでガラス細工のように捧げ持ち、男子寮への階段を上っていった。
「座ってもいい？」ハリーがハーマイオニーに聞いた。
「かまわないわよ」ハーマイオニーは椅子にうずたかく積まれた羊皮紙の山をどけた。
ハリーは散らかったテーブルを見回した。生乾きのインクが光っている「数占い」の長いレポートと、もっと長い「マグル学」の作文（「マグルはなぜ電気を必要とするか説明せよ」）、それに、ハーマイオニーが今格闘中の「古代ルーン文字」の翻訳。
「こんなにたくさん、いったいどうやってできるの？」ハリーが聞いた。
「え、ああ――そりゃ――一生懸命やるだけよ」ハーマイオニーが答えた。そばで見ると、ハーマイオニーはルーピンと同じくらいつかれて見えた。
「いくつかやめればいいんじゃない？」ハーマイオニーがルーン文字の辞書を探して、あちらこちら教科書を持ち上げているのを見ながら、ハリーが言った。
「そんなことできない！」ハーマイオニーはとんでもないとばかり目をむいた。
「『数占い』って大変そうだね」ハリーはひどく複雑そうな数表をつまみ上げながら言った。
「あら、そんなことないわ。すばらしいのよ！」
ハーマイオニーは熱を込めて言った。

「私の好きな科目なの。だって――」
「数占い」のどこがどうすばらしいのか、ハリーはついに知る機会を失った。ちょうどその時、押し殺したような叫び声が男子寮の階段を伝って響いてきたのだ。談話室がいっせいにシーンとなり、石になったようにみんなの目が階段にくぎづけになった。あわただしい足音が聞こえてきた。だんだん大きくなる――やがて、ロンが飛び込んできた。ベッドのシーツを引きずっている。
「**見ろ！**」
ハーマイオニーのテーブルに荒々しく近づき、ロンが大声を出した。
「**見ろよ！**」
ハーマイオニーの目の前でシーツを激しく振り、ロンが叫んだ。
「ロン、どうしたの――？」
「**スキャバーズが！　見ろ！　スキャバーズが！**」
ハーマイオニーはまったくわけがわからず、のけぞるようにロンから離れた。ハリーはロンのつかんでいるシーツを見下ろした。何か赤いものがついている。恐ろしいことに、それはまるで――。
「**血だ！**」

ぼうぜんとして言葉もない部屋に、ロンの叫びだけが響いた。

「スキャバーズがいなくなった！　床に何があったかわかるか？」

「い、いいえ」ハーマイオニーの声は震えていた。

ロンはハーマイオニーの翻訳文の上に何かを投げつけた。ハーマイオニーとハリーがのぞき込んだ。奇妙なとげとげした文字の上に落ちていたのは、数本の長いオレンジ色の猫の毛だった。

第13章 グリフィンドール対レイブンクロー

ロンとハーマイオニーの友情もこれまでかと思われた。互いに相手に対してカンカンになっていたので、もう仲直りの見込みがないのではないかとハリーは思った。

クルックシャンクスがスキャバーズを食ってしまおうとしているのに、ハーマイオニーはそのことを一度も真剣に考えず、猫を見張ろうともしなかった、とロンは激怒した。さらに、この期におよんでハーマイオニーがクルックシャンクスの無実を装い、男子寮のベッドの下を全部探してみたら、などとうそぶいていると、ロンはますます怒りをつのらせた。

一方ハーマイオニーは、クルックシャンクスがスキャバーズを食べてしまったという証拠がない、オレンジ色の毛はクリスマスからずっとそこにあったのかもしれない、その上、ロンは「魔法動物ペットショップ」でクルックシャンクスがロンの頭に飛び降りたときから、ずっとあの猫に偏見を持っている、と猛烈に主張した。

ハリー自身はクルックシャンクスがスキャバーズを食ってしまったにちがいないと思った。

ハーマイオニーに、状況証拠ではそうなると言うと、ハーマイオニーはハリーにまでかんしゃくを起こした。

「いいわよ。ロンに味方しなさい。どうせそうすると思ってたわ！」

ハーマイオニーはヒステリー気味だ。

「最初はファイアボルト、今度はスキャバーズ。みんな私が悪いってわけね！　ほっといて、ハリー。私、とっても忙しいんだから！」

ロンはペットを失ったことで、心底打ちのめされていた。

「元気出せ、ロン。スキャバーズなんてつまんないやつだって、いつも言ってたじゃないか」

フレッドが元気づけるつもりで言った。

「それに、ここんとこずっと弱ってきてた。一度にパッといっちまったほうがよかったかもしれないぜ。パクッ――きっと何にも感じなかったさ」

「フレッドったら！」

ジニーが憤慨した。

「あいつは食って寝ることしか知らないって、ロン、おまえそう言ってたじゃないか」

ジョージだ。

「僕たちのために、一度ゴイルにかみついた！」ロンがみじめな声で言った。「覚えてるよね、ハリー？」

「うん、そうだったね」ハリーが答えた。

「やつのもっとも華やかなりしころだな」

フレッドはまじめくさった顔をさっさとかなぐり捨てた。

「ゴイルの指に残りし傷痕よ、スキャバーズの思い出とともに永遠なれ。さあ、さあ、ロン、ホグズミードに行って、新しいネズミを買えよ。めそめそしてて何になる？」

ロンを元気づける最後の手段で、ハリーはレイブンクロー戦を控えたグリフィンドール・チームの最後の練習にロンを誘い、練習のあとでファイアボルトに乗ってみたら、と言った。これはロンの気持ちをわずかの間スキャバーズから離れさせたようだ（「やった！　それに乗ってゴールに二、三回シュートしてみていい？」）。そこで二人で一緒にクィディッチ競技場に向かった。

フーチ先生は、ハリーを見守るため、いまだにグリフィンドールの練習を監視していたが、生徒に負けず劣らずフォイアボルトに感激した。練習開始前に箒を両手に取り、プロとしてのうんちくを傾けた。

「このバランスのよさはどうです！　ニンバス系の箒に問題があるとすれば、それは尾の先端にわずかな傾斜があることですね――数年もたつと、これが抵抗になってスピードが落ちることがあります。柄の握りも改善されていますね。クリーンスイープ系より少し細身で、昔の『銀の矢』系を思い出しますね――なんで生産中止になったのか、残念です。私はあれで飛ぶことを覚えたのですよ。あれはとてもいい箒だったわねぇ……」

こんな調子でえんえんと続いたあと、ウッドがついに言った。

「あの――フーチ先生？　ハリーに箒を返していただいてもいいですか？　実は練習をしないといけないんで……」

「ああ――そうでした――はい、ポッター。それじゃ、私はむこうでウィーズリーと一緒に座っていましょう……」

フーチ先生はロンと一緒にピッチを離れ、観客席に座った。グリフィンドール・チームはウッドの周りに集まり、明日の試合に備えてウッドの最後の指示を聞いた。

「ハリー、たった今、レイブンクローのシーカーが誰だか聞いた。チョウ・チャンだ。四年生で、これがかなりうまい……けがをして問題があるということだったので、実は俺としては治っていなければいいと思っていたのだが……」

チョウ・チャンが完全に回復したことが気に入らず、ウッドは顔をしかめた。

「しかしだ、チョウ・チャンの箒は『コメット260号』。ファイアボルトと並べばまるでおもちゃだ」

ウッドはハリーの箒に熱い視線を投げ、それから一声、「ウッス、みんな、行くぞ――」

そして、ついに、ハリーはファイアボルトに乗り、地面をけった。

なんてすばらしい。想像以上だ。軽く触れるだけでファイアボルトは向きを変えた。柄の操作よりハリーの思いのとおりに反応しているかのようだ。ピッチを横切るスピードの速さときたら、競技場が草色と灰色にかすんで見えた。すばやくターンしたとき、その速さにアリシア・スピネットが悲鳴を上げた。それから急降下。完全にコントロールがきく。ピッチの芝生をサッとつま先でかすり、それから急上昇。十メートル、十五、二十――。

「ハリー、スニッチを放すぞ！」ウッドが呼びかけた。

ハリーは向きを変え、ゴールに向かってブラッジャーと競うようにして飛んだ。やすやすとブラッジャーを追い抜き、ウッドの背後から矢のように飛び出したスニッチを見つけ、十秒後にはそれをしっかり握りしめていた。

チーム全員がやんやの歓声を上げた。ハリーはスニッチを放し、先に飛ばして、一分後に全速力で追いかけた。ほかの選手の間を縫うように飛び、ケイティ・ベルのひざ近くに隠れているスニッチを見つけ、らくらく回り込んでまたそれを捕まえた。

練習はこれまでで最高の出来だった。ファイアボルトがチームの中にあるというだけで、みんなの意気が上がり、それぞれが完璧な動きを見せたのだ。みんなが地上に降り立つと、ウッドは一言も文句をつけなかった。ジョージ・ウィーズリーが、こんなことは前代未聞だと言った。

「明日は、当たるところ敵なしだ！」ウッドが言った。「ただし、ハリー、吸魂鬼問題は解決ずみだろうな？」

「うん」ハリーは、自分の創る弱々しい守護霊のことを思い出し、もっと強ければいいのにと思った。

「吸魂鬼はもう現れっこないよ、オリバー。ダンブルドアがカンカンになるからね」

フレッドは自信たっぷりだ。

「まあ、そう願いたいもんだ」ウッドが言った。「とにかく――上出来だ、諸君。塔に戻るぞ――早く寝よう……」

「僕、もう少し残るよ。ロンがファイアボルトを試したがってるから」

ハリーはウッドにそう断り、ほかの選手がロッカールームに引っ込んだあと、意気揚々とロンのほうに行った。ロンはスタンドの柵を飛び越えてハリーのところにやってきた。フーチ先生は観客席で眠り込んでいた。

「さあ、乗って」ハリーがロンにファイアボルトを渡した。

ロンは夢見心地の表情で箒にまたがり、暗くなりかけた空に勢いよく舞い上がった。ハリーはピッチの縁を歩きながらロンを見ていた。フーチ先生がハッと目を覚ましたのは、夜の帳が下りてからで、なぜ起こさなかったのかと二人を叱り、城に帰りなさいときつい口調で言った。

ハリーはファイアボルトを担ぎ、ロンと並んで、暗くなった競技場を出た。道々二人は、ファイアボルトのすばらしくなめらかな動き、驚異的な加速、寸分の狂いもない方向転換などをさんざんしゃべり合った。城までの道を半分ほど歩いたところで、ちらっと左側を見たハリーは、心臓がひっくり返るようなものをそこに見た——暗闇の中でギラッと光る二つの目。

ハリーは立ちすくんだ。心臓がろっ骨をバンバンたたいている。

「どうかした？」ロンが聞いた。

ハリーが指差した。ロンは杖を取り出して「ルーモス！　光よ！」と唱えた。

一条の光が、芝生を横切って流れ、木の根元に当たって、枝を照らし出した。芽吹きの中に丸くなっているのは、クルックシャンクスだった。

「失せろ！」

ロンはほえるような声でそう言うと、かがんで芝生に落ちていた石をつかんだ。しかし、何もしないうちに、クルックシャンクスは長いオレンジ色のしっぽをシュッと一振りして消えてしまった。

「見たか？」ロンは石をポイッと捨て、怒り狂って言った。

「ハーマイオニーは今でもあいつを勝手にふらふらさせておくんだぜ――おそらく鳥を二、三羽食って、前に食っておいたスキャバーズをしっかり胃袋に流し込んだ、ってとこだ……」

ハリーは何も言わなかった。安心感が体中に染み渡り、深呼吸した。一瞬、あの目は死神犬の目にちがいないと思ったのだ。二人はまた城に向かって歩きだした。恐怖感にとらわれたことがちょっと恥ずかしく、ハリーはそのことをロンに一言も言わなかった――そればかりか、灯りの煌々とともる玄関ホールに着くまで、ハリーは右も左も見なかった。

翌朝、ハリーは同室の寮生に伴われて朝食に下りていった。みんな、ファイアボルトは名誉の護衛がつくに値すると思ったらしい。ハリーが大広間に入ると、みんなの目がファイアボルトに向けられ、興奮したささやき声があちこちから聞こえた。スリザリン・チームが全員雷に打たれたような顔をしたので、ハリーは大満足だった。

「やつの顔を見た？」
ロンがマルフォイのほうを振り返って、狂喜した。
「信じられないって顔だ！　すっごいよ！」
ウッドもファイアボルトの栄光の輝きに浸っていた。
「ハリー、ここに置けよ」
ウッドはファイアボルトをテーブルの真ん中に置き、銘の刻印されているほうをていねいに上に向けた。レイブンクローやハッフルパフのテーブルからは、次々とみんなが見にきた。セドリック・ディゴリーは、ハリーのところにやってきて、ニンバスのかわりにこんなすばらしい箒を手に入れておめでとうと祝福した。パーシーのガールフレンドでレイブンクローのペネロピー・クリアウォーターは、ファイアボルトを手に取ってみてもいいかと聞いた。
「ほら、ほら、ペニー、壊すつもりじゃないだろうな」
ファイアボルトをとっくり見ているペネロピーに、パーシーが楽しそうに言った。
「ペネロピーと僕とで賭けたんだ」パーシーがチームに向かって言った。「試合の勝敗に金貨で十ガリオン賭けたぞ！」
ペネロピーはファイアボルトをテーブルに置き、ハリーに礼を言って自分のテーブルに戻った。

「ハリー――絶対勝てよ」パーシーがせっぱつまったようにささやいた。「僕、十ガリオンなんて持ってないんだ――うん、今行くよ、ペニー！」

そしてパーシーはあたふたとペネロピーのところへ行き、一緒にトーストを食べた。

「その箒、乗りこなす自信があるのかい、ポッター？」冷たい、気取った声がした。

ドラコ・マルフォイが、近くで見ようとやってきた。クラッブとゴイルがすぐ後ろにくっついている。

「ああ、そう思うよ」ハリーがさらりと言った。

「特殊機能がたくさんあるんだろう？」マルフォイの目が、意地悪く光っている。「パラシュートがついてないのが残念だなぁ――吸魂鬼がそばまで来たときのためにね」

クラッブとゴイルがクスクス笑った。

「君こそ、もう一本手をくっつけられないのが残念だな、マルフォイ」ハリーが言った。「そうすりゃ、その手がスニッチを捕まえてくれるかもしれないのに」

グリフィンドール・チームが大声で笑った。マルフォイの薄青い目が細くなり、それから、肩をいからせてゆっくり立ち去った。マルフォイがスリザリン・チームのところに戻ると、選手全員が額を寄せ合った。マルフォイに、ハリーの箒が本物のファイアボルトだったかどうかを尋ねているにちがいない。

十一時十五分前、グリフィンドール・チームは更衣室に向かって出発した。天気は、対ハッフルパフ戦のときとはまるでちがう。からりと晴れ、ひんやりとした日で、弱い風が吹いている。今回は視界の問題はまったくないだろう。ハリーは神経がピリピリしてはいたが、クィディッチの試合だけが感じさせてくれる、あの興奮を感じはじめていた。学校中が競技場の観客席に向かう音が聞こえてきた。ハリーは黒のローブを脱ぎ、ポケットから杖を取り出し、クィディッチ・ユニフォームの下に着るTシャツの胸元に差し込んだ。使わないですめばいいけれどと思った。急に、ルーピン先生は観客の中で見守っているだろうか、とも思った。

「何をすべきか、わかってるな」

選手がもう更衣室から出ようというときに、ウッドが言った。

「この試合に負ければ、我々は優勝戦線から脱落だ。とにかく――とにかく、きのうの練習どおりに飛んでくれ。そうすりゃ、いただきだ！」

ピッチに出ると、割れるような拍手が沸き起こった。レイブンクロー・チームはブルーのユニフォームを着て、もうピッチの真ん中で待っていた。シーカーのチョウ・チャンがただ一人の女性だ。ハリーより頭一つ小さい。緊張していたのに、ハリーはチョウ・チャンがとてもかわいいことに気づかないわけにはいかなかった。キャプテンを先頭に選手がずらりと並んだとき、チョウ・チャンがハリーにほほ笑んだ。とたんにハリーの胃のあたりがかすかに震えた。これは緊張とは無関係だとハリーは思った。

「ウッド、デイビース、握手して」

フーチ先生がきびきびと指示し、ウッドはレイブンクローのキャプテンと握手した。

「箒に乗って……ホイッスルの合図を待って……三――二――一！」

ハリーは地をけった。ファイアボルトはほかのどの箒よりも速く、高く上昇した。ハリーは競技場のはるか上空を旋回し、スニッチを探して目を凝らし、その間ずっと実況放送に耳を傾けていた。解説者は双子のウィーズリーの仲良し、リー・ジョーダンだ。

「全員飛び立ちました。今回の試合の目玉は、何といってもグリフィンドールのハリー・ポッター乗るところのファイアボルトでしょう。『賢い箒の選び方』によれば、ファイアボルトは今年の世界選手権大会ナショナル・チームの公式箒になるとのことです――」

「ジョーダン、試合のほうがどうなっているか解説してくれませんか？」

マクゴナガル先生の声が割り込んだ。

「了解です。先生――ちょっと背景の説明をしただけで。ところでファイアボルトは、自動ブレーキが組み込まれており、さらに――」

「ジョーダン！」

「オッケー、オッケー。クアッフルはグリフィンドール側です。グリフィンドールのケイティ・ベルがゴールを目指しています……」

ハリーはケイティと行きちがいになる形で猛スピードで反対方向に飛び、キラリと金色に輝くものがないかと目を凝らしてあたりを見た。するとチョウ・チャンがすぐ後ろについてきているのに気づいた。たしかに飛行の名手だ――たびたびハリーの進路をふさぐように横切り、方向を変えさせた。

「ハリー、チョウに加速力を見せつけてやれよ！」フレッドが、アリシアをねらったブラッジャーを追いかける途中、ハリーのそばをシュッと飛びながら叫んだ。

チョウとハリーがレイブンクローのゴールを回り込んだとき、ハリーはファイアボルトを加速し、チョウを振り切った。ケイティが初ゴールを決め、観客席のグリフィンドール側がどっと歓声を上げたちょうどその時、ハリーは見つけた――スニッチが、地上近く、観客席を仕切る柵のそばをひらひらしている。

ハリーは急降下した。チョウはハリーの動きを見て、すばやく後ろにつけてきた。ハリーはスピードを上げた。血がたぎった。急降下は十八番だ。あと三メートル――。

その時、レイブンクローのビーターが打ったブラッジャーが、ふいに突進してきた。ハリーは間一髪でブラッジャーをよけたが、コースをそれてしまった。そのほんの数秒、決定的な数秒の間に、スニッチは消え去った。

グリフィンドールの応援席から、「あぁぁぁぁぁー」とがっくりした声が上がったが、レイブンクロー側は、チームのビーターに拍手喝采した。ジョージ・ウィーズリーは腹いせにもう一個のブラッジャーを、相手チームのビーターめがけてたたきつけた。標的のビーターは、それをよけるのに、やむなく空中で一回転した。

「グリフィンドールのリード。八十対ゼロ。それに、あのファイアボルトの動きをご覧ください！　ポッター選手、あらゆる動きを見せてくれています。どうです、あのターン――チャン選手のコメット号はとうていかないません。ファイアボルトの精巧なバランスが実に目立ちますね。この長い――」

「ジョーダン！　いつからファイアボルトの宣伝係にやとわれたのですか？　まじめに実況放送を続けなさい！」

レイブンクローが巻き返してきた。三回ゴールを決め、グリフィンドールとの差を五十点に縮めた――チョウがハリーより先にスニッチを捕れば、レイブンクローが勝つことになる。ハリーは高度を下げ、レイブンクローのチェイサーと危うくぶつかりそうになりながら、必死でピッチを見渡した。キラリ。小さな翼が羽ばたいている――スニッチがグリフィンドールのゴールの柱の周りを回っている……。

ハリーは、砂粒のような金色の光をしっかり見つめて加速した――しかし、次の瞬間、ふいにチョウが現れて行く手をさえぎった――。

「ハリー、紳士面してる場合じゃないぞ！」

ハリーが衝突をさけて急にコースを変えると、ウッドがほえた。

「相手を箒からたたき落とせ。やるときゃやるんだ！」

ハリーが振り向くし、チョウの顔が目に入った。得意げな笑みを浮かべている。スニッチはまたしても見えなくなった。ハリーはファイアボルトを上に向け、たちまちほかの選手たちより六メートルも上に出た。チョウがあとを追ってくるのがちらりと見えた……自分でスニッチを探すよりハリーをマークすることに決めたのだ。ようし……僕についてくるつもりなら、それなりの覚悟をしてもらおう……。

ハリーはまた急降下した。チョウはハリーがスニッチを見つけたものと思い、あとを追おうとした。ハリーが突然急上昇に転じた。チョウはそのまま急降下していった。ハリーは弾丸のようにすばやく上昇し、そして、見つけた。三度目の正直だ。スニッチはレイブンクロー側のピッチの上空をキラリキラリ、輝きながら飛んでいた。

ハリーはスピードを上げた。何メートルも下のほうでチョウも加速した。僕は勝てる。刻一刻とスニッチに近づいていく――すると――。

「あっ！」チョウが一点を指差して叫んだ。

ハリーはつられて下を見た。

吸魂鬼が三人、頭巾をかぶった三つの背の高い黒い姿がハリーを見上げていた。

ハリーは迷わなかった。手をユニフォームの首のところから突っ込み、杖をサッと取り出し、大声で叫んだ。

「エクスペクト　パトローナム！　守護霊よ来たれ！」

白銀色の、何か大きなものが、杖の先から噴き出した。それが吸魂鬼を直撃したことが、ハリーにはわかったが、それを見ようともしなかった。不思議に意識がはっきりしていた。まっすぐ前を見た――もう少しだ。ハリーは杖を持ったまま手を伸ばし、逃げようともがく小さなスニッチを、やっと指で包み込んだ。

フーチ先生のホイッスルが鳴った。ハリーが空中で振り返ると、六つのぼやけた紅の物体がハリーめがけて迫ってくるのが見えた。次の瞬間、チーム全員がハリーを抱きしめていた。その勢いで、ハリーは危うく箒から引き離されそうになった。下の観衆の中で、グリフィンドールがひときわ大歓声を上げているのが、ハリーの耳に聞こえてきた。

「よくやった！」

ウッドは叫びっぱなしだ。アリシアも、アンジェリーナも、ケイティもハリーにキスした。フレッドががっちり羽交いじめに抱きしめたので、ハリーは首が抜けるかと思った。

上を下への大混乱のまま、チーム全員が何とかかんとか地上に戻った。箒を降りて目を上げると、大騒ぎのグリフィンドール応援団が、ロンを先頭に、ピッチに飛び込んでくるのが見えた。あっという間にハリーはみんなの喜びの声に取り囲まれた。

「イエーイ！」ロンはハリーの手を高々と差し上げた。「エイ！　エイ！」

「よくやってくれた　ハリー！」パーシーは大喜びだった。「十ガリオン勝った！　ペネロピーを探さなくちゃ。失敏――」

「よかったなあ、ハリー！」シェーマス・フィネガンが叫んだ。

「てえしたもんだ！」群れをなして騒ぎ回るグリフィンドール生の頭上で、ハグリッドの声がとどろいた。
「立派な守護霊だったよ」と言う声が聞こえて、ハリーは振り返った。
ルーピン先生が、混乱したような、うれしそうな複雑な顔をしていた。
「吸魂鬼の影響はまったくありませんでした！」ハリーは興奮して言った。
「僕、平気でした！」
「それは、たぶん、実はあいつらは――ウム――吸魂鬼じゃなかったんだ」
ルーピン先生が言った。
「来て見てごらん――」
ハリーを人垣から連れ出し、ルーピンはピッチの端が見えるところまでハリーを連れていった。
「君はマルフォイ君をずいぶん怖がらせたようだよ」ルーピンが言った。
ハリーは目を丸くした。マルフォイ、クラッブ、ゴイル、それにスリザリン・チームのキャプテンのマーカス・フリントが、折り重なるようにして地面に転がっていた。頭巾のついた長い黒いローブを脱ごうとしてみんなバタバタしていた。マルフォイはゴイルに肩車されていたようだ。四人を見下ろすように、憤怒の形相もすさまじく、マクゴナガル先生が立っていた。
「あさましいいたずらです！」先生が叫んだ。「グリフィンドールのシーカーに危害を加えようとは、下劣な卑しい行為です！　みんな処罰します。さらに、スリザリン寮は五十点減点！　このことはダンブルドア先生にお話しします。まちがいなく！　あぁ、うわさをすればいらっしゃいました！」

グリフィンドールの勝利に完璧な落ちがつけられたとすれば、それはまさにこの場の光景だ。マルフォイがローブから脱出しようともたもたもがき、ゴイルの頭はまだローブに突っ込まれたままだ。ロンはハリーに近づこうと人混みをかき分けて出てきたが、ハリーと二人でこのありさまを見て、腹を抱えて笑った。

「来いよ、ハリー！」ジョージもこちらへ来ようと人混みをかき分けながら呼びかけた。

「パーティだ！　グリフィンドールの談話室で、すぐにだ！」

「オッケー」

ここしばらくなかったような幸せな気分をかみしめながら、ハリーが答えた。まだ紅色のユニフォームを着たままの選手全員とハリーとを先頭にして、一行は競技場を出て城への道を戻った。

まるで、もうクィディッチ優勝杯を取ったかのようだった。パーティはそれから一日中、そして夜になっても続いた。フレッドとジョージ・ウィーズリーは一、二時間いなくなったかと思うと、両手いっぱいに、バタービールの瓶やら、かぼちゃフィズ、ハニーデュークス店の菓子の詰まった袋を数個、抱えて戻ってきた。

ジョージががまがえるミントをみんなの上からばらまきはじめたとき、アンジェリーナ・ジョンソンがかん高い声で聞いた。

「いったいどうやったの？」

「ちょっと助けてもらったのさ。ムーニー、ワームテール、パッドフット、プロングズにね」

フレッドがハリーの耳にこっそりささやいた。

たった一人、祝宴に参加していない生徒がいた。なんと、ハーマイオニーは隅のほうに座って分厚い本を読もうとしていた。本の題は『イギリスにおける、マグルの家庭生活と社会的慣習』だ。テーブルではフレッドとジョージがバタービールの瓶で曲芸を始めたので、ハリーは一人そこを離れ、ハーマイオニーのそばに行った。

「試合にも来なかったのかい？」ハリーが聞いた。

「行きましたとも」ハーマイオニーは目を上げもせず、妙にキンキンした声で答えた。

「それに、私たちが勝ってとってもうれしいし、あなたはとてもよくやったわ。でも私、これを月曜までに読まないといけないの」
「いいから、ハーマイオニー、こっちへ来て何か食べるといいよ」
ハリーはロンのほうを見て、矛を収めそうないいムードになっているかな、と考えた。
「無理よ、ハリー。あと四百二十二ページも残ってるの！」
ハーマイオニーは今度は少しヒステリー気味に言った。
「どっちにしろ……」ハーマイオニーもロンをちらりと見た。「あの人が私に来てほしくないでしょ」
これには議論の余地がなかった。ロンがこの瞬間を見計らったように、聞こえよがしに言った。
「スキャバーズが食われちゃっていなければなぁ。ハエ形ヌガーがもらえたのに。あいつ、これが好物だった――」
ハーマイオニーはワッと泣きだした。ハリーがおろおろ何もできないでいるうちに、ハーマイオニーは分厚い本をわきに抱え、すすり泣きながら女子寮への階段のほうに走っていき、姿を消した。
「もう許してあげたら？」ハリーは静かにロンに言った。
「だめだ」ロンはきっぱり言った。

「あいつがごめんねっていう態度ならいいよ――でもあいつ、ハーマイオニーのことだもの、自分が悪いって絶対認めないだろうよ。あいつったら、スキャバーズが休暇でいなくなっただけみたいな、いまだにそういう態度なんだ」

グリフィンドールのパーティがついに終わったのは、午前一時。マクゴナガル先生がタータンチェックの部屋着に、頭にヘアネットという姿で現れ、もう全員寝なさいと命令したときだ。

ハリーとロンは寝室への階段を上るときも、まだ試合の話をしていた。ぐったりつかれて、ハリーはベッドに上がり、四本柱にかかったカーテンを引き、ベッドに射し込む月明かりが入らないようにした。横になると、たちまち眠りに落ちていくのを感じた……。

とても奇妙な夢を見た。ハリーはファイアボルトを担いで、何か銀色に光る白いものを追って森を歩いていた。その何かは前方の木立の中へ、くねくねと進んでいった。葉の陰になって、チラチラとしか見えない。追いつきたくて、ハリーはスピードを上げた。自分が速く歩くと、先を行く何かもスピードを上げる。ハリーは走りだした。前方にひづめの音が聞こえる。だんだん速くなる。ハリーは全速力で走っていた。前方のひづめの音が疾走するのが聞こえた。ハリーは角を曲がって、空き地に出た。そして――。

「あああああああああああああああアアアアアアアアアアアアっっっッッッッ！やめてえええええええええええええええ！」

顔面にパンチを受けたような気分で、ハリーは突然目を覚ました。真っ暗な中で方向感覚を失い、ハリーはカーテンを闇雲に引っ張った――周りで人が動く音が聞こえ、部屋のむこうからシェーマス・フィネガンの声がした。

「何事だ？」

ハリーは寝室のドアがバタンと閉まる音を聞いたような気がした。やっとカーテンの端を見つけて、ハリーはカーテンをバッと開けた。同時にディーン・トーマスがランプをつけた。

ロンがベッドに起き上がっていた。カーテンが片側から切り裂かれ、ロンは恐怖で引きつった顔をしていた。

「ブラックだ！　シリウス・ブラックだ！　ナイフを持ってた！」

「エーッ？」

「ここに！　たった今！　カーテンを切ったんだ！　それで目が覚めたんだ！」

「夢でも見たんじゃないのか、ロン？」ディーンが聞いた。

「カーテンを見てみろ！　ほんとだ。ここにいたんだ！」

みんな急いでベッドから飛び出した。ハリーが一番先にドアのところに行き、みんな階段を転がるように走った。後ろのほうでドアがいくつも開く音が聞こえ、眠そうな声が追いかけてきた。

「叫んだのは誰なんだ？」

「君たち、何してるんだ？」

談話室は消えかかった暖炉の残り火がほの明るく、まだパーティの残がいが散らかっていた。誰もいない。

「ロン、ほんとに、夢じゃなかった？」

「ほんとだってば。ブラックを見たんだ！」

「何の騒ぎ？」

「マクゴナガル先生が寝なさいっておっしゃったでしょう！」

女子寮から、何人かがガウンを引っかけ、あくびをしながら階段を下りてきた。男子寮からも何人か出てきた。

「いいねえ。また続けるのかい？」フレッド・ウィーズリーが陽気に言った。

「みんな、寮に戻るんだ！」

パーシーが急いで談話室に下りてきた。そう言いながら、首席バッジをパジャマにとめつけている。
「パース――シリウス・ブラックだ！」
ロンが弱々しく言った。
「僕たちの寝室に！　ナイフを持って！　僕、起こされた！」
談話室がシーンとなった。
「ナンセンス！」
パーシーはとんでもないという顔をした。
「ロン、食べ過ぎたんだろう――悪い夢でも――」
「ほんとうなんだ――」
「おやめなさい！　まったく、いいかげんになさい！」
マクゴナガル先生が戻ってきた。肖像画のドアをバタンといわせて談話室に入ってくると、怖い顔でみんなをにらみつけた。
「グリフィンドールが勝ったのは、私もうれしいです。でもこれでは、はしゃぎ過ぎです。パーシー、あなたがもっとしっかりしなければ！」
「先生、僕はこんなこと、許可していません」パーシーは憤慨して体をふくれ上がらせた。

「僕はみんなに寮に戻るように言っていただけです。弟のロンが悪い夢にうなされて――」
「悪い夢なんかじゃない！」ロンが叫んだ。
「先生、僕、目が覚めたら、シリウス・ブラックが、ナイフを持って、僕の上に立ってたんです」
マクゴナガル先生はロンをじっと見すえた。
「ウィーズリー、冗談はおよしなさい。肖像画の穴をどうやって通過できたというんです？」
「あの人に聞いてください！」ロンはカドガン卿の絵の裏側を震える指で示した。
「あの人が見たかどうか聞いてください――」
ロンを疑わしそうな目でにらみながら、マクゴナガル先生は肖像画を裏から押して、外に出ていった。談話室にいた全員が、息を殺して耳をそばだてた。
「カドガン卿、今しがた、グリフィンドール塔に男を一人通しましたか？」
「通しましたぞ、ご婦人！」カドガン卿が叫んだ。
談話室の外と中とが、同時に愕然として沈黙した。
「と――通した？」マクゴナガル先生の声だ。「あ――合言葉は！」
「持っておりましたぞ！」カドガン卿は誇らしげに言った。

「ご婦人、一週間分全部持っておりました。小さな紙切れを読み上げておりました！」

マクゴナガル先生は肖像画の穴から戻り、みんなの前に立った。驚いて声もないみんなの前で、先生は血の気の失せた、ろうのような顔だった。

「誰ですか」先生の声が震えている。「今週の合言葉を書き出して、その辺に放っておいた、底抜けの愚か者は、誰です？」

咳払い一つない静けさを破ったのは、「ヒッ」という小さな悲鳴だった。ネビル・ロングボトムが、頭のてっぺんから、ふわふわのスリッパに包まれた足のつま先まで、ガタガタ震えながら、そろそろと手を挙げていた。

第14章 スネイプの恨み

その夜、グリフィンドール塔では誰も眠れなかった。再び城が捜索されているのをみんな知っていた。全員が談話室でまんじりともせずに、ブラック逮捕の知らせを待った。マクゴナガル先生が明け方に戻ってきて、ブラックがまたもや逃げおおせたと告げた。

次の日、どこもかしこも警戒が厳しくなっていた。フリットウィック先生は入口のドアというドアに、シリウス・ブラックの大きな写真を見せて、人相を覚え込ませていた。フィルチは急に気ぜわしく廊下をかけずり回り、小さなすきまからネズミの出入口まで、穴という穴に板を打ちつけていた。カドガン卿はクビになり、元いた八階のさびしい踊り場に戻された。「太った婦人」が帰ってきた。絵は見事な技術で修復されていたが、婦人はまだ神経をとがらせていて、護衛が強化されることを条件に、やっと職場復帰を承知した。婦人の警備に無愛想なトロールが数人雇われた。トロールは組になって廊下を往ったり来たりしてあたりを威嚇し、ブーブーうなりながら、互いの棍棒の太さを競っていた。

四階の隻眼の魔女像が、警備もされず、ふさがれてもいないことが、ハリーは気になっていた。この像の内側に隠れた抜け道があることを知っているのは、フレッドとジョージの言うとおり、双子のウィーズリー――それに今ではハリー、ロン、ハーマイオニーも入るが――だけだったということになる。

「誰かに教えるべきなのかなぁ？」ハリーがロンに聞いた。

「ハニーデュークス店から入ってきたんじゃないって、わかってるじゃないか」

ロンはまともに取り合わなかった。

「店に侵入したんだったら、うわさが僕たちの耳に入ってるはずだろ」

ハリーはロンがそういう考え方をしたのがうれしかった。もし隻眼の魔女までふさがれてしまったら、二度とホグズミードには行けなくなってしまう。

ロンはにわかに英雄になった。ハリーではなくロンのほうに注意が集まるのは、ロンにとって初めての経験だ。ロンがそれをかなり楽しんでいるのは明らかだった。あの夜の出来事で、ロンはまだひどくショックを受けたままだったが、聞かれれば誰にでも、うれしそうに、微に入り細をうがって語って聞かせた。

「……僕が寝てたら、ビリビリッて何かを引き裂く音がして、僕、夢だろうって思ったんだ。

だってそうだよね？　だけど、すきま風がサーッときて……僕、眼が覚めた。ベッドのカーテンの片側が引きちぎられてて……僕、寝返りを打ったんだ……そしたら、ブラックが僕の上に覆いかぶさるように立ってたんだ……まるでドロドロの髪を振り乱したがいこつみたいだった……こーんなに長いナイフを持ってた。刃渡り三十センチぐらいはあったな……それで、あいつは僕を見た。僕もあいつを見た。そして僕が叫んで、あいつは逃げていった」

「だけど、どうしてかなぁ？」

怖がりながらもロンの話に聞きほれていた二年生の女子学生がいなくなってから、ロンはハリーに向かって言った。

「どうしてトンズラしたんだろう？」

ハリーも同じことを疑問に思っていた。ねらうベッドをまちがえたなら、ロンの口を封じて、それからハリーに取りかかればいいのに、どうしてだろう？　ブラックが罪もない人を殺しても平気なのは、十二年前の事件で証明ずみだ。今度はたかが男の子五人。武器も持っていない。しかもそのうち四人は眠っていたじゃないか。ハリーは考えながら答えた。

「君が叫んで、みんなを起こしてしまったら、城を出るのが一苦労だってわかってたんじゃないかな。肖像画の穴を通って出るのに、ここの寮生をみな殺しにしなけりゃならなかったかもしれない……そのあとは、先生たちに見つかってしまったかもしれない……」

ネビルは面目丸つぶれだった。マクゴナガル先生の怒りはすさまじく、今後いっさいホグズミードに行くことを禁じ、罰を与え、ネビルには合言葉を教えてはならないとみんなに言い渡した。哀れなネビルは、毎晩誰かが一緒に入れてくれるまで、談話室の外で待つはめになり、その間、警備のトロールがじろっじろっとうさんくさそうに横目でネビルを見た。

しかし、それもこれも、ネビルのばあちゃんから届いたものに比べれば、物の数ではなかった。ブラック侵入の二日後、ばあちゃんは、朝食時に生徒が受け取る郵便物の中でも最悪のものをネビルに送ってよこした――「吠えメール」だ。

いつものように、学校のふくろうたちが郵便物を運んで大広間にスイーッと舞い降りてきた。一羽の大きなメンフクロウが、真っ赤な封筒をくちばしにくわえてネビルの前に降りたとき、ネビルはほとんど息もできなかった。ネビルの向かい側に座っていたハリーとロンには、それが吠えメールだとすぐわかった――ロンも去年一度、母親から受け取ったことがある。

「ネビル、逃げろ！」ロンが忠告した。

言われるまでもなくネビルは封筒を引っつかみ、まるで爆弾を捧げ持つように腕を伸ばして手紙を持ち、全速力で大広間から出ていった。見ていたスリザリンのテーブルからは大爆笑が起こった。玄関ホールで吠えメールが爆発するのが聞こえてきた――ネビルのばあちゃんの声が、魔法で百倍に拡大され、「何たる恥さらし。一族の恥」とガミガミどなっている。

ネビルをかわいそうに思うあまり、ハリーは自分にも手紙が来ていることに気づかなかった。ヘドウィグがハリーの手首を鋭くかんで注意をうながした。

「あいたっ！　あ、ヘドウィグ、ありがとう」

封筒を破る間、ヘドウィグはネビルのコーンフレークを勝手についばみはじめた。メモが入っていた。

ハリー、ロン、元気か？
今日六時ごろ、お茶を飲みに来んか？　俺が城まで迎えにいく。
玄関ホールで待つんだぞ。二人だけで出ちゃなんねえ。
そんじゃな。

ハグリッド

「きっとブラックのことが聞きたいんだ！」ロンが言った。

そこで、六時に、ハリーとロンはグリフィンドール塔を出て、警備のトロールの脇をかけ抜け、玄関ホールに向かった。

ハグリッドはもうそこで待っていた。

「まかしといてよ、ハグリッド」ロンが言った。「土曜日の夜のことを聞きたいんだろ？　ね？」

「そいつはもう全部聞いちょる」

ハグリッドは玄関の扉を開け、二人を外に連れ出しながら言った。

「そう」ロンはちょっとがっかりしたようだった。

ハグリッドの小屋に入ったとたん、目についたのは、バックビークだった。ハグリッドのベッドで、パッチワーク・キルトのベッドカバーの上に寝そべり、巨大な翼をぴっちりたたんで、大皿に盛った死んだイノシシのごちそうに舌つづみを打っていた。あまり見たくないので目をそらしたハリーは、ハグリッドのたんすの扉の前にぶら下がっている洋服を見つけた。毛のもこもことした巨大な茶の背広と、真っ黄色とだいだい色のひどくやぼったいネクタイだ。

「ハグリッド、これ、いつ着るの？」ハリーが聞いた。

「バックビークが『危険生物処理委員会』の裁判にかけられる」ハグリッドが答えた。

「金曜日だ。俺と二人でロンドンに行く。『夜の騎士バス』にベッドをふたつ予約した……」

ハリーは申し訳なさに胸がうずいた。バックビークの裁判がこんなに迫っていたのをすっかり忘れていた。ロンのバツの悪そうな顔を見ると、ロンも同じ気持ちらしい。バックビークの弁護の準備を手伝うという約束を忘れていた。ファイアボルトの出現で、すっかり頭から吹っ飛んでしまっていた。

ハグリッドが紅茶をいれ、干しブドウ入りのバース風菓子パンを勧めたが、二人とも食べるのは遠慮した。ハグリッドの料理は充分に経験ずみだ。

「二人に話してえことがあってな」

ハグリッドは二人の間に座り、柄にもなく真剣な顔をした。

「何なの？」ハリーが尋ねた。

「ハーマイオニーのことだ」ハグリッドが言った。

「ハーマイオニーがどうかしたの？」ロンが聞いた。

「あの子はずいぶん気が動転しとる。クリスマスからこっち、ハーマイオニーはよーくここに来た。さびしかったんだな。最初はファイアボルトのことで、おまえさんらはあの子と口をきかんようになった。今度はあの子の猫が――」

「――スキャバーズを食ったんだ！」ロンが怒ったように口を挟んだ。

「あの子の猫が猫らしくふるまったからっちゅうてだ」ハグリッドはねばり強く話し続けた。
「しょっちゅう泣いとったぞ。今あの子は大変な思いをしちょる。手に負えんぐれえ、いっぺー背負い込み過ぎちまったんだな、ウン。勉強をあんなにたーくさん。そんでも時間を見っけて、バックビークの裁判の手伝いをしてくれた。ええか……俺のために、ほんとに役立つやつを見っけてくれた……バックビークは今度は勝ち目があると思うぞ……」
「ハグリッド、僕たちも手伝うべきだったのに――ごめんなさい――」
ハリーはバツの悪い思いで謝りはじめた。
「おまえさんを責めているわけじゃねえ！」
ハグリッドは手を振ってハリーの弁解をさえぎった。
「おまえさんにも、やることがたくさんあったのは、俺もよーくわかっちょる。おまえさんが四六時中クィディッチの練習をしてたのを俺は見ちょった――ただ、これだけは言わにゃなんねえ。おまえさんら二人なら、箒やネズミより友達のほうを大切にすると、俺はそう思っとったぞ。言いてえのはそれだけだ」
ハリーとロンはお互いに気まずそうに目を見合わせた。
「心底心配しちょったぞ、あの子は。ロン、おまえさんが危うくブラックに刺されそうになったときにな。ハーマイオニーの心はまっすぐだ、あの子はな。だのに、おまえさんら二人は、あの子と口もきかん――」

「ハーマイオニーがあの猫をどっかにやってくれたら、僕、また口をきくのに」ロンは怒った。

「なのに、ハーマイオニーは頑固に猫をかばってるんだ！　あの猫は狂ってる。なのに、ハーマイオニーは猫の悪口はまるで受けつけないんだ」

「ああ、ウン。ペットのこととなると、みんなちいっとバカになるからな」

ハグリッドは悟ったように言った。その背後で、バックビークがイタチの骨を二、三本、ハグリッドの枕にプイッと吐き出した。

それからあとは、グリフィンドールがクィディッチ優勝杯を取る確率が高くなったという話で盛り上がった。

九時に、ハグリッドが二人を城まで送った。

談話室に戻ると、掲示板の前にかなりの人垣ができていた。

「今度の週末はホグズミードだ」

ロンがみんなの頭越しに首を伸ばして、新しい掲示を読み上げた。

「どうする？」腰かける場所を探しながら、ロンがこっそりハリーに聞いた。

「そうだな。フィルチはハニーデュークス店への通路にはまだ何にも手出ししてないし……」
ハリーがさらに小さな声で答えた。
「ハリー！」
ハリーの右耳に声が飛び込んできた。驚いてきょろきょろあたりを見回すと、ハーマイオニーが目に入った。二人のすぐ後ろのテーブルに座っていたのに、本の壁に隠れて見えなかったのだ。その壁にすきまを開けてハーマイオニーがのぞいていた。
「ハリー、今度ホグズミードに行ったりしたら……私、マクゴナガル先生にあの地図のことお話しするわ！」
「ハリー、誰か何か言ってるのが聞こえるかい？」
ロンはハーマイオニーを見もせずにうなった。
「ロン、あなた、ハリーを連れていくなんてどういう神経？　シリウス・ブラックがあなたにあんなことをしたあとで！　本気よ。私、言うから――」
「そうかい。君はハリーを退学にさせようってわけだ！」ロンが怒った。「今学期、こんなに犠牲者を出しても、まだ足りないのか？」
ハーマイオニーは口を開いて何か言いかけたが、その時、小さな鳴き声を上げ、クルックシャンクスがひざに飛び乗った。ハーマイオニーは一瞬ドキリとしたようにロンの顔色をうかがい、サッとクルックシャンクスを抱きかかえると、急いで女子寮のほうに去っていった。

「それで、どうするんだい？」ロンは、まるで何事もなかったかのようにハリーに聞いた。

「行こうよ。この前は、君、ほとんど何にも見てないんだ。『ゾンコ』の店に入ってもいないんだぜ！」

ハリーは振り返り、ハーマイオニーがもう声の聞こえないところまで行ってしまったことをたしかめた。

「オッケー。だけど、今度は透明マントを着ていくよ」

土曜日の朝、ハリーは透明マントをかばんに詰め、忍びの地図をポケットにすべり込ませて、みんなと一緒に朝食に下りていった。ハーマイオニーがテーブルのむこうからちらりちらりと疑わしげにハリーをうかがい続けた。ハリーはその視線をさけ、みんなが正面扉に向かったときも、自分が玄関ホールの大理石の階段を逆戻りするところを、ハーマイオニーにしっかり確認させるようにした。

「じゃあ！」ハリーがロンに呼びかけた。「帰ってきたらまた！」

ロンはニヤッと片目をつぶって見せた。
ハリーは忍びの地図をポケットから取り出しながら、急いで四階に上がった。隻眼の魔女の裏にうずくまり、地図を広げると、小さな点がこっちへ向かってくるのが見えた。ハリーは目を凝らした。点のそばの細かい文字は、「ネビル・ロングボトム」と読める。
ハリーは急いで杖を取り出し、「ディセンディウム！　降下！」と唱えてかばんを像の中に突っ込んだ。しかし自分が入り込む前に、ネビルが角を曲がって現れた。
「ハリー！　君もホグズミードに行かなかったんだね。僕、忘れてた！」
「やあ、ネビル」ハリーは急いで像から離れ、地図をポケットに押し込んだ。
「何してるんだい？」
「別に」ネビルは肩をすくめた。「爆発スナップ・ゲームして遊ぼうか？」
「ウーン――あとでね――僕、図書館に行ってルーピンの『吸血鬼』のレポートを書かなきゃ――」
「僕も行く！」ネビルは生き生きと言った。「僕もまだなんだ！」
「ア――ちょっと待って――ああ、忘れてた。僕、きのうの夜、終わったんだっけ！」
「すごいや。なら、手伝ってよ！」ネビルの丸顔が不安げだった。「僕、あのニンニクのこと、さっぱりわからないんだ――食べなきゃならないのか、それとも――」

ネビルは「アッ」と小さく息をのみ、ハリーの肩越しに後ろのほうを見つめた。
スネイプだった。ネビルはあわててハリーの後ろに隠れた。
「ほう？　二人ともここで何をしているのかね？」スネイプは足を止め、二人の顔を交互に見た。
「奇妙なところで待ち合わせるものですな――」
スネイプの暗い目がサッと走り、二人の両側の出入口、それから隻眼の魔女の像に移ったので、ハリーは気が気ではなかった。
「僕たち――待ち合わせしたのではありません。ただ――ここでばったり出会っただけです」
ハリーが言った。
「ほーう？　ポッター。君はどうも予期せぬ場所に現れるくせがあるようですな。しかもほとんどの場合、何も理由なくしてその場にいるということはない……。二人とも、自分のおるべき場所、グリフィンドール塔に戻りたまえ」
ハリーとネビルはそれ以上何も言わずにその場を離れた。角を曲がるときにハリーが振り返ると、スネイプは隻眼の魔女の頭を手でなぞり、念入りに調べていた。
太った婦人の肖像画のところでネビルに合言葉を教え、吸血鬼のレポートを図書館に置き忘れたと言い訳して、ハリーはやっとネビルを振り切り、もう一度、元来た道を戻った。

警備トロールの目の届かないところまで来ると、ハリーはまた地図を引っ張り出し、顔にくっつくぐらいそばに引き寄せてよくよく見た。

四階の廊下には誰もいないようだ。地図の隅々まで念入りに調べ、「セブルス・スネイプ」と書いてある小さな点が自分の研究室に戻っていることがわかり、ハリーはようやくホッとした。

ハリーは大急ぎで隻眼の魔女像まで取って返し、こぶを開けて中に入り、石の斜面をすべり降りて、先に落としておいたかばんを拾った。忍びの地図を白紙に戻してから、ハリーはかけだした。

透明マントにすっぽり隠れたままで、ハリーはさんさんと陽の当たる「ハニーデュークス」の店の前にたどり着き、ロンの背中をちょんとつついた。

「僕だよ」ハリーがささやいた。

「遅かったな。どうしたんだい？」ロンがささやき返した。

「スネイプがうろうろしてたんだ……」

二人は中心街のハイストリート通りを歩いた。

「どこにいるんだい？」ロンはほとんど唇を動かさずに話しかけて、何度もたしかめた。

「そこにいるのかい？　何だか変な気分だ……」

郵便局にやってきた。ハリーがゆっくり眺められるよう、ロンはエジプトにいる兄のビルに送るふくろう便の値段をたしかめているようなふりをした。少なくとも三百羽くらいのふくろうがとまり木からハリーのほうを見下ろして、ホーホーとやわらかな鳴き声を上げていた。大型の灰色ふくろうもいれば、ハリーの手の平におさまりそうな小型のコノハズク（近距離専用便）もいた。

次に「ゾンコ」の店に行くと、生徒たちでごった返していた。誰かの足を踏んづけて大騒動を引き起こさないよう、ハリーは細心の注意を払わなければならなかった。いたずらの仕掛けや道具が並び、フレッドやジョージの極めつきの夢でさえ叶えられそうだった。ハリーはロンにヒソヒソ声で自分の買いたい物を伝え、透明マントの下からこっそり金貨を渡した。「ゾンコ」の店を出たときは、二人とも入ったときよりだいぶ財布が軽くなり、かわりにポケットのほうは、クソ爆弾、しゃっくり飴、カエル卵石けん、それに一人一個ずつ買った鼻食いつきティーカップなどでふくれ上がっていた。

よい天気で風はそよぎ、二人とも建物の中にばかりいたくなかったので、パブ「三本の箒」の前を通り、坂道を上り、英国一の呪われた館「叫びの屋敷」を見にいった。屋敷は村はずれの小高いところに建っていて、窓には板が打ちつけられ、庭は草ぼうぼうで湿っぽく、昼日中でも薄気味悪かった。
「ホグワーツのゴーストでさえ近寄らないんだ」
二人で垣根に寄りかかり、屋敷を見上げながら、ロンが言った。
「僕、『ほとんど首なしニック』に聞いたんだ……そしたら、ものすごく荒っぽい連中がここにすみついていると聞いたことがあるってさ。だーれも入れやしない。フレッドとジョージは、当然、やってみたけど、入口は全部密封状態だって……」
坂を上ったので暑くなり、ハリーがちょっとの間、透明マントを脱ごうかと考えていたちょうどその時、近くで人声がした。誰かが丘の反対側から屋敷のほうに上ってくる。まもなくマルフォイの姿が現れた。クラッブとゴイルが後ろにべったりくっついていて、マルフォイが何か話している。
「……父上からのふくろう便がもう届いてもいいころだ。僕の腕のことで聴聞会に出席なさらなければならなかったんだ……三か月も腕が使えなかった事情を話すのに……」
クラッブとゴイルがクスクス笑った。
「あの毛むくじゃらのウスノロデカが何とか自己弁護しようとするのを聞いてみたいよ……『こいつは何も悪さはしねえです。ほんとですだ――』とか……あのヒッポグリフはもう死んだも同然だよ――」

マルフォイは突然ロンの姿に気づいた。青白いマルフォイの顔がニヤリと意地悪くゆがんだ。

「ウィーズリー、何してるんだい？」

マルフォイはロンの背後にあるボロ屋敷を見上げた。

「さしずめ、ここに住みたいんだろうねえ。ウィーズリー、ちがうかい？　自分の部屋が欲しいなんて夢見てるんだろう？　君の家じゃ、全員が一部屋で寝るって聞いたけど――ほんとかい？」

ハリーはロンのローブの後ろをつかんで、マルフォイに飛びかかろうとするロンを止めた。

「僕に任せてくれ」ハリーはロンの耳元でささやいた。

こんなに完璧なチャンスを逃す手はない。ハリーはそっとマルフォイ、クラッブ、ゴイルの背後に回り込み、しゃがんで地べたの泥を片手にたっぷりすくった。

「僕たち、ちょうど君の友人のハグリッドのことを話してたところだよ」マルフォイが言った。

『危険生物処理委員会』で今あいつが何を言ってるだろうってね。委員たちがヒッポグリフの首をちょん切ったら、あいつは泣くかなあ――」

ベチャッ！

泥が命中し、マルフォイの頭がグラッと前に傾いた。シルバーブロンドの髪から突如、泥がポタポタ落ちはじめた。
「な、何だ――？」
ロンは垣根につかまらないと立っていられないほど笑いこけた。マルフォイ、クラッブ、ゴイルはそこいら中をきょろきょろ見回しながら、ばかみたいに同じところをぐるぐる回り、マルフォイは髪の泥を落とそうと躍起になっていた。
「いったい何だ？　誰がやったんだ？」
「このあたりはなかなか呪われ模様ですね？」ロンは天気の話をするような調子で言った。
クラッブとゴイルはビクビクしていた。筋骨隆々もゴーストには役に立たない。マルフォイは、周りには誰もいないのに、狂ったようにあたりを見回していた。
ハリーは、ひどくぬかるんで悪臭を放っている、緑色のヘドロのところまで忍び足で移動した。
ベチャッ！
今度はクラッブとゴイルに命中だ。ゴイルはその場でピョンピョン跳び上がり、小さなどんよりした目をこすってヘドロをふき取ろうとした。
「あそこから来たぞ！」
マルフォイも顔をぬぐいながら、ハリーから左に二メートルほど離れた一点をにらんだ。

クラッブが長い両腕をゾンビのように突き出して、危なっかしい足取りで前進した。ハリーは身をかわし、棒切れを拾ってクラッブの背中にポーンと投げつけた。クラッブが、いったい誰が投げたのかと、バレエのピルエットのようにつま先立ちで回転するのを見て、ハリーは声を立てずに腹を抱えて笑った。クラッブにはロンしか見えないので、ロンにつかみかかろうとしたが、ハリーが突き出した足につまずいた――クラッブのばかでかい偏平足が、ハリーの透明マントのすそを踏んづけ、マントがギュッと引っ張られるのを感じたとたん、頭からマントがすべり落ちた。

ほんの一瞬、マルフォイが目を丸くしてハリーを見た。

「ギャアアア！」

ハリーの生首を指差して、マルフォイが叫んだ。それからくるりと背を向け、死に物狂いで丘を走り下りていった。クラッブとゴイルもあとを追った。

ハリーは透明マントを引っ張り上げたが、もうあとの祭りだった。

「ハリー！」ロンがよろよろと進み出て、ハリーの姿が消えたあたりを絶望的な目で見つめた。

「逃げたほうがいい！　マルフォイが誰かに告げ口したら――君は城に帰ったほうがいい。急げ――」

「じゃあ」ハリーはどれだけ言うと、ホグズミード村への小道を一目散にかけ戻った。

マルフォイは自分の見たものを信じるだろうか？　マルフォイの言うことを誰かが信じるだろうか？　透明マントのことは誰も知らない――ダンブルドア以外は。ハリーは胃がひっくり返る思いだった――マルフォイが何か言ったら、何が起きたか、ダンブルドアだけははっきりわかるはずだ――。

ハニーデュークス店に戻り、地下室への階段を下り、石の床を渡り、床の隠し扉を抜け――ハリーは透明マントを脱いで小脇に抱え、トンネルをひた走りに走った……。マルフォイのほうが先に戻るだろう……先生を探すのにどのくらいかかるだろう？　息せき切って走り、脇腹が刺し込むように痛んだが、ハリーは石のすべり台にたどり着くまで速度をゆるめなかった。透明マントはここに置いていくほかないだろう。もしマルフォイが先生に告げ口したとなれば、このマントが動かぬ証拠になってしまう。ハリーはマントを薄暗い片隅に隠し、できるだけ急いですべり台を上りはじめた。手すりをつかむ手が汗ですべった。魔女の背中のこぶの内側にたどり着き、杖で軽くたたき、頭を突き出し、体を持ち上げて外に出た。こぶが閉じた。銅像の陰からハリーが飛び出したとたん、急ぎ足で近づく足音が聞こえてきた。

スネイプだった。黒いローブのすそをひるがえし、すばやくハリーに近づき、ハリーの真正面で足を止めた。

「さてと」スネイプが言った。

スネイプは、勝ち誇る気持ちを無理に抑えつけたような顔をしていた。ハリーは何にもしてません、という表情をしてみたものの、顔から汗が噴き出し、両手は泥んこなのが自分でもよくわかっていた。ハリーは急いで手をポケットに突っ込んだ。

「ポッター、一緒に来たまえ」スネイプが言った。

ハリーはスネイプの後ろについて階段を下り、スネイプに気づかれないようにポケットの中で手をぬぐおうとした。二人は地下牢教室へと階段を下り、それからスネイプの研究室に入った。

ハリーはここに一度だけ来たことがあったが、その時もひどく面倒なことに巻き込まれていた。あれ以来、スネイプは気味の悪いぬめぬめしたものの瓶づめをまたいくつか増やしていた。机の後ろの棚にずらりと並び、暖炉の火を受けてキラリ、キラリと光って、威圧的なムードを盛り上げている。

「座りたまえ」

ハリーは腰かけたが、スネイプは立ったままだった。

「ポッター、マルフォイ君がたった今、我輩に奇妙な話をしてくれた」

ハリーはだまっていた。
「その話によれば、『叫びの屋敷』まで上っていったところ、ウィーズリーに出会ったそうだ――一人でいたらしい」
ハリーはまだだまったままだった。
「マルフォイ君の言うには、ウィーズリーと立ち話をしていたら、大きな泥の塊が飛んできて、頭の後ろに当たったそうだ。そのようなことがどうやって起こりうるか、おわかりかな？」
「僕、わかりません、先生」ハリーは少し驚いた顔をしてみせた。
スネイプの目が、ハリーの目をぐりぐりとえぐるように迫った。まるでヒッポグリフとのにらめっこ状態だった。ハリーは瞬きをしないようがんばった。
「マルフォイ君はそこで異常な幻を見たと言う。それが何であったのか、ポッター、想像がつくかな？」
「いいえ」今度はむじゃきに興味を持ったふうに聞こえるよう努力した。
「ポッター、君の首だった。空中に浮かんでいた」
長い沈黙が流れた。
「マルフォイはマダム・ポンフリーのところに行ったほうがいいんじゃないでしょうか。変なものが見えるなんて――」
「ポッター、君の首はホグズミードでいったい何をしていたのだろうねえ？」
スネイプの口調はやわらかだ。
「君の首はホグズミードに行くことを許されてはいない。君の体のどの部分も、ホグズミードに行く許可を受けていないのだ」
「わかっています」
一点の罪の意識も恐れも顔に出さないよう、ハリーは突っ張った。
「マルフォイはたぶん幻覚を――」
「マルフォイは幻覚など見てはいない」
スネイプは歯をむき出し、ハリーの座っている椅子の左右のひじかけに手をかけて顔を近づけた。顔と顔が三十センチの距離に迫った。
「君の首がホグズミードにあったなら、体のほかの部分もあったのだ」
「僕、ずっとグリフィンドール塔にいました。先生に言われたとおり――」
「誰か証人がいるのか？」
ハリーは何も言えなかった。スネイプの薄い唇がゆがみ、恐ろしい笑みが浮かんだ。

「なるほど」スネイプはまた体を起こした。
「魔法大臣はじめ、誰もかれもが、有名人のハリー・ポッターをシリウス・ブラックから護ろうとしてきた。しかるに、有名なハリー・ポッターは自分自身が法律だとお考えのようだ。一般の輩はハリー・ポッターの安全のために勝手に心配すればよい！　有名人ハリー・ポッターは好きな所へ出かけて、その結果どうなるかなぞ、おかまいなしというわけだ」
ハリーはだまっていた。スネイプはハリーを挑発して白状させようとしている。その手に乗るもんか。スネイプには証拠がない……まだ。
「ポッター、なんと君の父親に恐ろしくそっくりなことよ」
スネイプの目がギラリと光り、唐突に話が変わった。
「君の父親もひどく傲慢だった。少しばかりクィディッチの才能があるからといって、自分がほかの者より抜きん出た存在だと考えていたようだ。友人や取り巻きを連れていばりくさって歩き……瓜二つで薄気味悪いことよ」
「父さんはいばって歩いたりしなかった」思わず声が出た。「僕だってそんなことしない」
「君の父親も、規則を歯牙にもかけなかった」
優位に立ったスネイプは、細長い顔に悪意をみなぎらせ、言葉を続けた。

「規則なぞ、つまらん輩のもので、クィディッチ杯の優勝者のものではないと。はなはだしい思い上がりの……」

「**だまれ！**」

ハリーは突然立ち上がった。プリベット通りをあとにしたあの晩以来の激しい怒りが、体中を怒涛のようにかけめぐった。スネイプの顔が硬直しようが、暗い目が危険な輝きを帯びようが、かまうものか。

「**我輩に向かって、何と言ったのかね、ポッター？**」

「だまれって言ったんだ、父さんのことで」ハリーは叫んだ。「僕はほんとうのことを知ってるんだ。いいですか？　父さんはあなたの命を救ったんだ！　ダンブルドアが教えてくれた！　父さんがいなきゃ、あなたはここにこうしていることさえできなかったんだ！」

スネイプの土気色の顔が、くさった牛乳の色に変わった。

「それで、校長は、君の父親がどういう状況で我輩の命を救ったのかも教えてくれたのかね？」

スネイプはささやくように言った。

「それとも、校長は、詳細なる話が、大切なポッターの繊細なお耳にはあまりに不快だと思し召したかな？」

ハリーは唇をかんだ。いったい何が起こったのか、ハリーは知らなかったし、知らないと認めるのはいやだった――しかし、スネイプの推量はたしかに当たっていた。

「君がまちがった父親像を抱いたままこの場を立ち去ると思うと、ポッター、虫酸が走る。我輩が許さん」

スネイプは顔をゆがめ、恐ろしい笑みを浮かべた。

「輝かしい英雄的行為でも想像していたのかね？　なればご訂正申し上げよう――君の聖人君子の父上は、友人と一緒に我輩に大いに楽しいいたずらを仕掛けてくださった。それは我輩を死に至らしめるようなものだったが、君の父親が土壇場で弱気になった。君の父親の行為のどこが勇敢なものか。我輩の命を救うと同時に、自分の命運も救ったわけだ。あのいたずらが成功していたら、あいつはホグワーツを追放されていたはずだ」

スネイプは黄色いふぞろいの歯をむき出した。

「ポッター、ポケットをひっくり返したまえ！」

突然吐きすてるような言い方だった。

ハリーは動かなかった。耳の奥でドクンドクンと音がする。

「ポケットをひっくり返したまえ。それともまっすぐ校長のところへ行きたいのか！　ポッター、ポケットを裏返すんだ！」

恐怖に凍りつき、ハリーはのろのろとゾンコ店のいたずらグッズの買い物袋と忍びの地図を引っ張り出した。

スネイプはゾンコ店の袋をつまみ上げた。

「ロンにもらいました」

スネイプがロンに会う前に、ロンに知らせるチャンスがありますように、とハリーは祈った。

「ロンが――この前ホグズミードから持ってきてくれました――」

「ほう？　それ以来ずっと持ち歩いていたというわけだ。なんとも泣かせてくれますな……ところでこっちは？」

スネイプが地図を取り上げた。ハリーは平然とした顔を保とうと、ありったけの力を振りしぼった。

「余った羊皮紙の切れっぱしです」

ハリーは何でもないというふうに肩をすくめた。

スネイプはハリーを見すえたまま羊皮紙を裏返した。

「こんな古ぼけた切れっぱし、当然君には必要ないだろう？　我輩が――捨ててもかまわんな？」

スネイプの手が暖炉のほうへ動いた。
「やめて！」ハリーはあわてた。
「ほう！」スネイプは細長い鼻の穴をひくつかせた。
「これもまたウィーズリー君からの大切な贈り物ですかな？　それとも――何か別物かね？　もしや、手紙かね？　透明インクで書かれたとか？　それとも――吸魂鬼のそばを通らずにホグズミードに行く案内書か？」
ハリーは瞬きをし、スネイプの目が輝いた。
「なるほど、なるほど……」
ブツブツ言いながらスネイプは杖を取り出し、地図を机の上に広げた。
「汝の秘密を現せ！」
杖で羊皮紙に触れながらスネイプが唱えた。
何事も起こらない。ハリーは手の震えを抑えようと、ギュッと拳を握りしめた。
「正体を現せ！」鋭く地図をつつきながらスネイプが唱えた。
白紙のままだ。ハリーは気を落ち着かせようと深呼吸した。
「ホグワーツ校教師、セブルス・スネイプ教授が汝に命ず。汝の隠せし情報を差し出すべし！」

スネイプは杖で地図を強くたたいた。

まるで見えない手が書いているかのように、なめらかな地図の表面に文字が現れた。

「私、ミスター・ムーニーからスネイプ教授にご挨拶申し上げる。他人事に対する異常なおせっかいはお控えくださるよう、切にお願いいたすしだい」

スネイプは硬直した。ハリーはあぜんとして文字を見つめた。地図のメッセージはそれでおしまいではなかった。最初の文字の下から、またまた文字が現れた。

「私、ミスター・プロングズもミスター・ムーニーに同意し、さらに、申し上げる。スネイプ教授はろくでもない、いやなやつだ」

状況がこんなに深刻でなければ、おかしくて噴き出すところだ。しかも、まだ続く……。

「私、ミスター・パッドフットは、かくも愚かしき者が教授になれたことに、驚きの意を記すものである」

ハリーはあまりの恐ろしさに目をつぶった。目を開けると、地図が最後の文字をつづっていた。

「私、ミスター・ワームテールがスネイプ教授にお別れを申し上げ、その薄汚いどろどろ頭を洗うようご忠告申し上げる」

ハリーは最後の審判を待った。

「ふむ……」スネイプが静かに言った。「片をつけよう……」
スネイプは暖炉に向かって大股に歩き、暖炉の上の瓶からキラキラする粉を一握りつかみ取り、炎の中に投げ入れた。
「ルーピン！」スネイプが炎に向って叫んだ。「話がある！」
何がなんだかわからないまま、ハリーは炎を見つめた。何か大きな姿が、急回転しながら炎の中に現れた。やがて、ルーピン先生が、くたびれたローブから灰を払い落としながら、暖炉からはい出してきた。
「セブルス、呼んだかい？」ルーピンがおだやかに言った。
「いかにも」怒りに顔をゆがめ、机のほうに戻りながら、スネイプが答えた。
「今しがた、ポッターにポケットの中身を出すように言ったところ、こんな物を持っていた」
スネイプは羊皮紙を指差した。ムーニー、ワームテール、パッドフット、プロングズの言葉が、まだ光っていた。ルーピンは奇妙な、うかがい知れない表情を浮かべた。
「それで？」スネイプが言った。
ルーピンは地図を見つめ続けている。ハリーは、ルーピン先生がとっさの機転をきかそうとしているような気がした。

「それで？」再びスネイプがうながした。
「この羊皮紙にはまさに『闇の魔術』が詰め込まれている。ルーピン、君の専門分野だと拝察するが。ポッターがどこでこんな物を手に入れたと思うかね？」
ルーピンが顔を上げ、ほんのわずか、ハリーのほうに視線を送り、だまっているようにと警告した。
「『闇の魔術』が詰まっている？」ルーピンが静かにくり返した。
「セブルス、ほんとうにそう思うのかい？　私が見るところ、無理に読もうとする者を侮辱するだけの羊皮紙にすぎないように見えるが。子供だましだが、けっして危険じゃないだろう？　ハリーはいたずら専門店で手に入れたのだと思うよ――」
「そうかね？」スネイプは怒りであごが強ばっていた。「いたずら専門店でこんな物をポッターに売ると、そう言うのか？　むしろ、直接に製作者から入手した可能性が高いとは思わんのか？」
ハリーにはスネイプの言っていることがわからなかった。ルーピンもわかっていないように見えた。
「ミスター・ワームテールとか、この連中の誰かからという意味か？　ハリー、この中に誰か知っている人はいるかい？」ルーピンが聞いた。

「いいえ」ハリーは急いで答えた。
「セブルス、聞いただろう？」ルーピンはスネイプのほうを見た。「私には『ゾンコ』の商品のように見えるがね――」
合図を待っていたかのように、ロンが研究室に息せき切って飛び込んできた。スネイプの机の真ん前で止まり、胸を押さえながら、とぎれとぎれにしゃべった。
「それ――僕が――ハリーに――あげたんです」ロンはむせ込んだ。「『ゾンコ』で――ずいぶん前に――それを――買いました……」
「ほら！」ルーピンは手をポンとたたき、機嫌よく周りを見回した。
「どうやらこれではつきりした！　セブルス、これは私が引き取ろう。いいね？」
ルーピンは地図を丸めてローブの中にしまい込んだ。
「ハリー、ロン、おいで。吸血鬼のレポートについて話があるんだ。セブルス、失礼するよ」
研究室から出るとき、ハリーはとてもスネイプを見る気にはなれなかった。ハリー、ロン、ルーピンは黙々と玄関ホールまで歩いて、そこで初めて口をきいた。ハリーがルーピンを見た。
「先生、僕――」
「事情を聞こうとは思わない」

ルーピンは短く答えた。それからがらんとした玄関ホールを見回し、声をひそめて言った。

「何年も前にフィルチさんがこの地図を没収したことを、私はたまたま知っているんだ。そう、私はこれが地図だということを知っている」

ハリーとロンの驚いたような顔を前にルーピンは話した。

「これがどうやって君の物になったのか、私は知りたくはない。ただ、君がこれを提出しなかったのには、私は大いに驚いている。先日も、生徒の一人がこの城の内部情報を不用意に放っておいたことで、あんなことが起こったばかりじゃないか。だから、ハリー、これは返してあげるわけにはいかないよ」

ハリーはそれを覚悟していた。しかも、聞きたいことがたくさんあって、抗議をするどころではなかった。

「スネイプは、どうして僕がこれを製作者から手に入れたと思ったのでしょう？」

「それは……」

ルーピンは口ごもった。

「それは、この地図の製作者だったら、君を学校の外へ誘い出したいと思ったかもしれないからだよ。連中にとって、それがとてもおもしろいことだろうからね」

「先生は、この人たちをご存じなんですか？」ハリーは感心して尋ねた。

「会ったことがある』

ぶっきらぼうな答えだった。ルーピンはこれまでに見せたことがないような真剣なまなざしでハリーを見た。

「ハリー、この次はかばってあげられないよ。私がいくら説得しても、君は納得して、シリウス・ブラックのことを深刻に受け止めるようにはならないだろう。しかし、吸魂鬼が近づいたときに君が聞いた声こそ、君にもっと強い影響を与えているはずだと思ったんだがね。君のご両親は、君を生かすために自らの命を捧げたんだよ、ハリー。それに報いるのに、これではあまりにお粗末じゃないか――たかが魔法のおもちゃ一袋のために、ご両親の犠牲の賜物を危険にさらすなんて」

ルーピンが立ち去った。ハリーはいっそうみじめな気持ちになった。スネイプの部屋にいたときでさえ、こんなみじめな気持ちにはならなかった。

ハリーとロンはゆっくりと大理石の階段を上った。隻眼の魔女像のところまで来たとき、ハリーは透明マントのことを思い出した――まだこの下にある。しかし、取りに降りる気にはなれなかった。

「僕が悪いんだ」ロンが突然口をきいた。

「僕が君に行けって勧めたんだ。ルーピン先生の言うとおりだ。バカだったよ。僕たち、こんなこと、すべきじゃなかった――」

ロンが口を閉じた。二人は警護のトロールが往き来している廊下にたどり着いた。すると、ハーマイオニーがこちらに向かって歩いてきた。ハーマイオニーを一目見たとたん、もう事件のことは聞いたにちがいないと、ハリーは確信した。ハリーは心臓がドサッと落ち込むような気がした――マクゴナガル先生にもう言いつけたのだろうか？

「さぞご満悦だろうな？」

ハーマイオニーが二人の真ん前で足を止めたとき、ロンがぶっきらぼうに言った。

「それとも告げ口しに行ってきたところかい？」

「ちがうわ」

ハーマイオニーは両手で手紙を握りしめ、唇をわなわなと震わせていた。

「あなたたちも知っておくべきだと思って……ハグリッドが敗訴したの。バックビークは処刑されるわ」

第15章 クィディッチ優勝戦

「これを――これをハグリッドが送ってきたの」ハーマイオニーは手紙を突き出した。
ハリーがそれを受り取った。羊皮紙は湿っぽく、大粒の涙であちこちインクがひどくにじみ、
とても読みにくい手紙だった。

ハーマイオニーへ
俺たちが負けた。
バックビークはホグワーツに連れて帰るのを許された。
処刑日はこれから決まる。
ビーキーはロンドンを楽しんだ。
おまえさんが俺たちのためにいろいろ助けてくれたことは忘れねえ。

ハグリッドより

「こんなことってないよ」ハリーが言った。「こんなことできるはずないよ。バックビークは危険じゃないんだ」

「マルフォイのお父さんが委員会を脅してこうさせたの」ハーマイオニーは涙をぬぐった。

「あの父親がどんな人か知ってるでしょう。委員会は、老いぼれのよぼよぼのバカばっかり。みんな怖気づいたんだわ。そりゃ、控訴の道はあるわ。普通ならね。でも、望みはないと思う……何にも変わりはしない」

「いや、変わるとも」ロンが力を込めて言った。「ハーマイオニー、今度は君一人で全部やらなくてもいい。僕が手伝う」

「ああ、ロン！」

ハーマイオニーはロンの首に抱きついてワッと泣きだした。ロンはおたおたして、ハーマイオニーの頭を不器用になでた。しばらくして、ハーマイオニーがやっとロンから離れた。

「ロン、スキャバーズのこと、ほんとに、ほんとにごめんなさい……」

ハーマイオニーがしゃくり上げながら謝った。

「ああ――ウン――あいつは年寄りだったし」

ロンはハーマイオニーが離れてくれて、心からホッとしたような顔で言った。
「それに、あいつ、ちょっと役立たずだったしな。パパやママが、今度は僕にふくろうを買ってくれるかもしれないじゃないか」

ブラックの二度目の侵入事件以来、生徒は厳しい安全対策を守らなければならず、ハリーもロンもハーマイオニーも、日が暮れてからハグリッドを訪ねるのは不可能だった。話ができるのは「魔法生物飼育学」の授業中しかなかった。

ハグリッドは判決を受けたショックで放心状態だった。

「みんな俺が悪いんだ。舌がもつれっちまって。みんな黒いローブを着込んで座ってて、そんでもって俺はメモをぼろぼろ落としっちまって、ハーマイオニー、おまえさんがせっかく探してくれたいろんなもんの日付は忘れっちまうし。そんで、そのあとルシウス・マルフォイが立ち上がって、やつの言い分をしゃべって、そんで、委員会は、あいつに『やれ』って言われたとおりにやったんだ……」

「まだ控訴がある！」ロンが熱を込めて言った。「まだあきらめないで。僕たち、準備してるんだから！」

四人はクラスのほかの生徒たちと一緒に、城に向かって歩いているところだった。前のほうに、クラッブとゴイルを引き連れたマルフォイの姿が見えた。ちらちらと後ろを振り返っては、小ばかにしたように笑っている。

「ロン、そいつぁダメだ」城の石段までたどり着いたとき、ハグリッドが悲しそうに言った。

「あの委員会はルシウス・マルフォイの言うなりだ。俺はただ、ビーキーの残された時間を思いっきり幸せなもんにしてやるんだ。俺は、そうしてやらにゃ……」

ハグリッドはきびすを返し、ハンカチに顔をうずめて、急いで小屋に戻っていった。

「見ろよ、あの泣き虫！」

マルフォイ、クラッブ、ゴイルが城の扉のすぐ裏側で聞き耳を立てていたのだ。

「あんなに情けないものを見たことがあるかい」マルフォイが言った。「しかも、あいつが僕たちの先生だって！」

ハリーもロンもカンカンに怒って、マルフォイに向かって手を上げた。が、ハーマイオニーのほうが早かった――。

バシッ！

ハーマイオニーがあらんかぎりの力を込めてマルフォイの横っ面を張った。マルフォイがよろめいた。ハリーも、ロンも、クラップもゴイルも、びっくり仰天してその場に棒立ちになった。
ハーマイオニーがもう一度手を上げた。
「ハグリッドのことを情けないだなんて、よくもそんなことを。この汚らわしい――この悪党――」
「ハーマイオニー！」
ロンがおろおろしながら、ハーマイオニーが大上段に振りかぶった手を押さえようとした。
「放して！　ロン！」
ハーマイオニーが杖を取り出した。マルフォイはあとずさりし、クラップとゴイルはまったくお手上げ状態で、マルフォイの命令をあおいだ。
「行こう」
マルフォイがそうつぶやくと、三人はたちまち地下牢に続く階段を下り、姿を消した。
「ハーマイオニー！」
ロンがびっくりするやら、感動するやらで、また呼びかけた。
「ハリー、クィディッチの優勝戦で、何がなんでもあいつをやっつけて！」
ハーマイオニーが上ずった声で言った。
「絶対に、お願いよ。スリザリンが勝ったりしたら、私、とってもがまんできないもの！」

「もう『呪文学』の時間だ。早く行かないと」
ロンはまだハーマイオニーをしげしげと眺めながらうながした。
三人は急いで大理石の階段を上り、フリットウィック先生の教室に向かった。
「二人とも、遅刻だよ！」
ハリーが教室のドアを開けると、フリットウィック先生がとがめるように言った。
「早くお入り。杖を出して。今日は『元気の出る呪文』の練習だよ。もう二人ずつペアになっているからね――」
ハリーとロンは急いで後ろのほうの机に行き、かばんを開けた。
「ハーマイオニーはどこに行ったんだろ？」振り返ったロンが言った。
ハリーもあたりを見回した。ハーマイオニーは教室に入ってこなかった。でもドアを開けたときは、自分のすぐ横にいたのを、ハリーは知っている。
「変だなぁ」ハリーはロンの顔をじっと見た。「きっと――トイレとかに行ったんじゃないかな？」
しかし、ハーマイオニーはずっと現れなかった。
「ハーマイオニーも『元気の出る呪文』が必要だったのに」

授業が終わって、全員がニコニコしながら昼食を食べに出ていくとき、ロンが言った。「元気呪文」の余韻でクラス全員が大満足の気分に浸っていた。

ハーマイオニーは昼食にも来なかった。アップルパイを食べ終えるころ、「元気呪文」の効き目も切れてきて、ハリーもロンも少し心配になってきた。

「マルフォイがハーマイオニーに何かしたんじゃないだろうな？」

グリフィンドール塔への階段を急ぎ足で上りながら、ロンが心配そうに言った。

二人は警備のトロールのそばを通り過ぎ、太った婦人に暗号を言い（「フリバティジベット」）肖像画の裏の穴をくぐり、談話室に入った。

ハーマイオニーはテーブルに「数占い学」の教科書を開き、その上に頭をのせて、ぐっすり眠り込んでいた。二人はハーマイオニーの両側に腰かけ、ハリーがそっとついてハーマイオニーを起こした。

「ど――どうしたの？」

ハーマイオニーは驚いて目を覚まし、あたりをきょろきょろと見回した。

「もう、授業に行く時間？　今度は、な――何の授業だっけ？」

「『占い学』だ。でもあと二十分あるよ。ハーマイオニー、どうして『呪文学』に来なかったの？」ハリーが聞いた。
「えっ？　あーっ！」ハーマイオニーが叫んだ。「『呪文学』に行くのを忘れちゃった！」
「だけど、忘れようがないだろう？　教室のすぐ前まで僕たちと一緒だったのに！」
「何てことを！」ハーマイオニーは涙声になった。
「フリットウィック先生、怒ってらした？　ああ、マルフォイのせいよ。あいつのことを考えてたら、ごちゃごちゃになっちゃったんだわ！」
「ハーマイオニー、言ってもいいかい？」
ハーマイオニーが枕がわりに使っていた分厚い「数占い学」の本を見下ろしながら、ロンが言った。
「君はパンク状態なんだ。あんまりいろんなことをやろうとして」
「そんなことないわ！」
ハーマイオニーは目の上にかかった髪をかき上げ、絶望したような目でかばんを探した。
「ちょっとミスしたの。それだけよ！　私、今からフリットウィック先生のところへ行って、謝ってこなくちゃ……。『占い学』のクラスでまたね！」
二十分後、ハーマイオニーはトレローニー先生の教室に上るはしごのところに現れた。ひどく悩んでいる様子だった。

「『元気の出る呪文』の授業に出なかったなんて、私としたことが！　きっと、これ、試験に出るわよ。フリットウィック先生がそんなことをちらっとおっしゃったもの！」

三人は一緒にはしごを上り、薄暗いむっとするような塔教室に入った。小さなテーブルの一つ一つに真珠色の靄が詰まった水晶玉が置かれ、ぼうっと光っていた。ハリー、ロン、ハーマイオニーは、脚のぐらぐらしているテーブルに一緒に座った。

「水晶玉は来学期にならないと始まらないと思ってたけどな」

トレローニー先生がすぐそばに忍び寄ってきていないかどうか、あたりを警戒するように見回しながら、ロンがヒソヒソ言った。

「文句言うなよ。これで手相術が終わったってことなんだから」ハリーもヒソヒソ言った。

「僕の手相を見るたびに、先生がぎくっと身を引くのには、もううんざりしてたんだ」

「みなさま、こんにちは！」

おなじみの霧のかなたの声とともに、トレローニー先生がいつものように薄暗がりの中から芝居がかった登場をした。パーバティとラベンダーが興奮して身震いした。二人の顔が、ほの明るい乳白色の水晶玉の光に照らし出された。

「あたくし、計画しておりましたより少し早めに水晶玉をお教えすることにしましたの」
トレローニー先生は暖炉の火を背にして座り、あたりを凝視した。
「六月の試験は玉に関するものだと、運命があたくしに知らせましたの。それで、あたくし、みなさまに充分練習させてさしあげたくて」
ハーマイオニーがフンと鼻を鳴らした。
「あーら、まあ……『運命が知らせましたの』……どなたさまが試験をお出しになるの？　あの人自身じゃない！　なんて驚くべき予言でしょ！」
ハーマイオニーは声を低くする配慮もせず言いきった。
トレローニー先生の顔は暗がりに隠れているので、聞こえたのかどうかわからなかった。ただ、聞こえなかったかのように、話を続けた。
「水晶占いは、とても高度な技術ですのよ」夢見るような口調だ。
「玉の無限の深奥をのぞき込んだとき、みなさまが初めから何かを『見る』ことは期待しておりませんわ。まず意識と、外なる眼とをリラックスさせることから練習を始めましょう」
ロンはクスクス笑いがどうしても止まらなくなり、声を殺すのに、握り拳を自分の口に突っ込むありさまだった。

「そうすれば『内なる眼』と超意識とが現れましょう。幸運に恵まれれば、みなさまの中の何人かは、この授業が終わるまでには『見える』かもしれませんわ」

そこでみんなが作業に取りかかった。少なくともハリーは、水晶玉をじっと見つめていることがとてもアホらしく感じられた。心を空にしようと努力しても、「こんなこと、くだらない」という思いがしょっちゅう頭をもたげた。しかも、ロンがしょっちゅうクスクス忍び笑いをするわ、ハーマイオニーは舌打ちばかりしているわで、どうしようもない。

「何か見えた？」十五分ほどだまって水晶玉を見つめたあと、ハリーが二人に聞いた。

「ウン。このテーブル、焼け焦げがあるよ」ロンは指差した。「誰かろうそくをたらしたんだろな」

「まったく時間の無駄よ」ハーマイオニーが歯を食いしばったまま、いまいましそうに言った。

「もっと役に立つことを練習できたのに。『元気の出る呪文』の遅れを取り戻すことだって――」

トレローニー先生が衣ずれの音とともにそばを通り過ぎた。

「玉の内なる、影のような予兆をどう解釈するか、あたくしに助けてほしい方、いらっしゃること？」腕輪をチャラつかせながら、トレローニー先生がつぶやくように言った。

「僕、助けなんかいらないよ」ロンがささやいた。「見りゃわかるさ。今夜は霧が深いでしょう、ってとこだな」

ハリーもハーマイオニーも噴き出した。

「まあ、何ということを！」

先生の声と同時に、みんながいっせいに三人のほうを振り向いた。パーバティとラベンダーは

「なんて破廉恥な」という目つきをしていた。

「あなたがたは、未来を透視する神秘の震えを乱していますわ！」

トレローニー先生は三人のテーブルに近寄り、水晶玉をのぞき込んだ。ハリーは気が重くなった。これから何が始まるか、自分にはわかる……。

「ここに、何かありますわ！」トレローニー先生は低い声でそう言うと、水晶玉の高さまで顔を下げた。玉は巨大なめがねに写って二つに見えた。

「何かが動いている……でも、何かしら？」

何かはわからないが、絶対によいことではない。賭けてもいい。ハリーの持っている物を全部、ファイアボルトもひっくるめて全部賭けてもいい。そして、やっぱり……。

「まあ、あなた……」トレローニー先生はハリーの顔をじっと見つめて、ホーッと息を吐いた。

「ここに、これまでよりはっきりと……ほら、こっそりとあなたのほうに忍び寄り、だんだん大

きく……死神犬のグ――」

「いいかげんにしてよ！」ハーマイオニーが大声を上げた。「また、あのバカバカしい死神犬じゃないでしょうね！」

トレローニー先生は巨大な目を上げ、ハーマイオニーを見た。パーバティがラベンダーに何事かささやき、二人もハーマイオニーをにらんだ。トレローニー先生が立ち上がり、紛れもなく怒りを込めて、ハーマイオニーを眺め回した。

「まあ、あなた。こんなことを申し上げるのは何ですけど、あなたがこのお教室に最初に現れたときから、はっきりわかっていたことでございますわ。あなたには『占い学』という高貴な技術に必要なものが備わっておりませんの。まったく、こんなに救いようのない『俗』な心を持った生徒に、いまだかつてお目にかかったことがありませんわ」

一瞬の沈黙。そして――。

「けっこうよ！」

ハーマイオニーが唐突にそう言うと、立ち上がり、『未来の霧を晴らす』の本をかばんに詰め込みはじめた。

「けっこうですとも！」再びそう言うと、ハーマイオニーはかばんを振り回すようにして肩にかけ、危うくロンを椅子からたたき落としそうになった。
「やめた！　私、出ていくわ！」
クラス中があっけに取られる中を、ハーマイオニーは威勢よく出口へと歩き、跳ね上げ戸を足でけとばして開け、はしごを下りて姿が見えなくなった。
全生徒が落ち着きを取り戻すまで、数分かかった。トレローニー先生は死神犬のことをころっと忘れてしまったようだ。ぶっきらぼうにハリーとロンのいる机を離れ、透きとおったショールをしっかり体に引き寄せながら、かなり息を荒らげていた。
「おおおおお！」突然ラベンダーが声を上げ、みんなびっくりした。
「おおおおおおお、トレローニー先生。私、今思い出しました。ハーマイオニーが立ち去るのを、ご覧になりましたね？　そうでしょう、先生？『イースターのころ、誰か一人が永久に去るでしょう！』先生は、ずいぶん前にそうおっしゃいました！」
トレローニー先生は、ラベンダーに向かって、はかなげにほほ笑んだ。
「ええ、そうよ。ミス・グレンジャーがクラスを去ることは、あたくし、わかっていましたの。でも、『兆』を読みちがえていればよいのにと願うこともありますのよ……『内なる眼』が重荷になることがありますわ……」

ラベンダーとパーバティは深く感じ入った顔つきで、トレローニー先生が自分たちのテーブルに移ってきて座れるよう、場所をあけた。

「ハーマイオニーったら、今日は大変な一日だよ。な？」

ロンが恐れをなしたようにハリーにつぶいた。

「ああ……」

ハリーは水晶玉をちらりとのぞいた。白い霧が渦巻いているだけだ。トレローニー先生はほんとうにまた死神犬を見たのだろうか？　自分も見るのだろうか？　クィディッチ優勝戦が刻々と近づいている。あんな死ぬような目にあう事故だけは絶対に起こってほしくない。

イースター休暇はのんびり、というわけにはいかなかった。三年生はかつてないほどの宿題を出された。ネビル・ロングボトムはほとんどノイローゼだったし、ほかの生徒も似たりよったりだった。

「これが休暇だってのかい！」

ある昼下がり、ジェーマス・フィネガンが談話室でほえた。

「試験はまだずーっと先だってのに、先生方は何を考えてるんだ？」

それでも、ハーマイオニーほど抱え込んだ生徒はいなかった。「占い学」はやめたものの、ハーマイオニーは誰よりもたくさんの科目を取っていた。夜はだいたい談話室に最後までねばっていたし、朝は誰よりも早く図書館に来ていた。目の下にルーピン先生なみのくまができて、いつ見ても、今にも泣きだしそうな雰囲気だった。

ロンはバックビークの控訴の準備を引き継いで、宿題に取り組む時間以外は巨大な本を調べあげていた。『ヒッポグリフの心理』とか、『鳥か盗りか？』、『ヒッポグリフの残忍性に関する研究』などを夢中で読みふけり、クルックシャンクスに当たり散らすことさえ忘れていた。

一方ハリーは、毎日続くクィディッチの練習に加えて、ウッドとのはてしない作戦会議の合間に、なんとか宿題をやっつけなければならなかった。グリフィンドール対スリザリンの試合が、イースター休暇明けの最初の土曜日に迫っていた。スリザリンはリーグ戦できっちり二百点リードしていた。ということは、（ウッドが耳にタコができるほど選手に言い聞かせていたが）優勝杯を手にするには、それ以上の点を挙げて勝たなければならない。つまり、勝敗はハリーの双肩にかかっていた。スニッチをつかむことで百五十点獲得できるからだ。

「いいか。スニッチをつかむのは、必ず、チームが五十点以上差をつけたあとだぞ」

ウッドは口をすっぱくしてハリーに言った。

「ハリー、俺たちが五十点以上取ったらだ。さもないと、試合に勝っても優勝杯は逃してしまう。わかるか。わかるな？　スニッチをつかむのは、必ず、俺たちが――」

「わかってるったら、オリバー！」ハリーが大声を出した。

グリフィンドール寮全体が、来るべき試合に取り憑かれていた。グリフィンドールが最後に優勝杯を取ったのは、伝説の人物、チャーリー・ウィーズリー（ロンの二番目の兄）がシーカーだったときだ。

勝ちたいという気持ちでは、寮生の誰も、ウッドでさえも、自分にはかなわないだろうとハリーは思った。ハリーとマルフォイの敵意はいよいよ頂点に達していた。マルフォイはホグズミードでの泥投げ事件をいまだに根に持っていたし、それ以上に、ハリーが処罰を受けずにうまくすり抜けたことで怒り狂っていた。ハリーはレイブンクローとの試合でマルフォイが自分を破滅させようとしたことも忘れてはいなかったが、全校の面前でマルフォイをやっつけてやると決意したのは、何といってもバックビークのことがあるからだった。

試合前にこんなに熱くなったのは、誰の記憶にも初めてのことだった。休暇が終わったころは、チーム同士、寮同士の緊張が爆発寸前まで高まっていた。廊下のあちこちで小競り合いが散発し、ついにその極限で　大騒動が起こり、グリフィンドールの四年生と、スリザリンの六年生が耳からネギを生やして、入院する騒ぎになった。

ハリーは特にひどい目にあっていた。教室に行く途中では、スリザリン生が足を突き出してハリーを引っかけようとするし、クラッブとゴイルはハリーの行く先々に突然現れ、ハリーが大勢に取り囲まれているのを見ては、残念そうにのっそりと立ち去るのだった。スリザリン生がハリーをつぶそうとするかもしれないと、ウッドは、どこに行くにもハリーを一人にしないよう指令を出していた。グリフィンドールは、寮を挙げてこの使命を熱く受け止めたので、ハリーはいつもわいわいガヤガヤと大勢に取り囲まれてしまい、時間どおりに教室に着くことさえできなかった。ハリーは自分の身よりファイアボルトが心配で、飛行していないときはトランクにしっかりしまい込み、休み時間になるとグリフィンドール塔に飛んで帰って、ちゃんとそこにあるかどうかたしかめることもしばしばだった。

試合前夜、グリフィンドールの談話室では、いつもの活動がいっさい放棄された。ハーマイオニーでさえ本を手放した。

「勉強できないわ。とても集中できない」ハーマイオニーはピリピリしていた。

やたら騒がしかった。フレッドとジョージはプレッシャーをはねのけるため、いつもよりやかましく、元気がよかった。オリバー・ウッドは隅のほうでクィディッチ・ピッチの模型の上にかがみ込み、杖で選手の人形をつつきながら、一人でブツブツ言っていた。アンジェリーナ、アリシア、ケイティの三人は、フレッドとジョージが飛ばす冗談で笑っている。ハリーは騒ぎの中心から離れたところで、ロン、ハーマイオニーと一緒に座り、明日のことは考えないようにしていた。何しろ、考えるたびに、何かとても大きなものが胃袋から逃げ出したがっているような恐ろしい気分になるからだ。

「絶対、大丈夫よ」ハーマイオニーはそう言いながら、怖くてたまらない様子だ。

「君にはファイアボルトがあるじゃないか！」ロンが言った。

「うん……」そう言いながらハリーは胃がよじれるような気分だった。

ウッドが急に立ち上がり、一声叫んだのが救いだった。

「選手！　寝ろ！」

ハリーは浅い眠りに落ちた。

まず、寝過ごした夢を見た。ウッドが叫んでいる。「いったいどこにいたんだ。かわりにネビルを使わなきゃならなかったんだぞ！」

次に、マルフォイやスリザリン・チーム全員がドラゴンに乗って試合にやってきた夢を見た。マルフォイの乗ったドラゴンが火を吐き、それをよけてハリーは猛スピードで飛んでいた。が、ファイアボルトを忘れたことに気づいた。ハリーは落下し、驚いて目を覚ました。

数秒たって、やっと、ハリーは試合がまだ始まっていないこと、自分が安全にベッドに寝ていること、スリザリン・チームがドラゴンに乗ってプレーするなど、絶対許されるはずがないことなどに気づいた。とてものどが渇いていた。ハリーはできるだけそっと四本柱のベッドを抜け出し、窓の下に置いてある銀の水差しから水を飲もうと窓辺に近寄った。

校庭はしんと静まり返っていた。「禁じられた森」の木々の梢はそよともせず、「暴れ柳」は何食わぬ様子で、じっと動かない。どうやら、試合の天候は完璧のようだ。

ハリーはコップを置き、ベッドに戻ろうとした。その時、何かが目を引いた。銀色の芝生を動物らしいものが一匹うろついている。

ハリーは全速力でベッドに戻り、めがねを引っつかんでかけ、急いで窓際に戻った。死神犬であるはずがない——今はダメだ——試合の直前だというのに——。

ハリーはもう一度校庭をじっと見た。一分ほど必死で見回し、その姿を見つけた。今度は森の際に沿って歩いている……。死神犬とはまったくちがう……猫だ……瓶洗いブラシのようなしっぽを確認して、ハリーはホッと窓台を握りしめた。ただのクルックシャンクスだ……。

いや、ほんとうにただのクルックシャンクスだったろうか？　ハリーは窓ガラスに鼻をぴったり押しつけ、目を凝らした。クルックシャンクスが立ち止まったように見えた。何か、木々の影の中で動いているものがほかにいる。ハリーにはたしかにそれが見えた。

次の瞬間、それが姿を現した。もじゃもじゃの毛の巨大な黒い犬だ。それは音もなく芝生を横切り、クルックシャンクスがその脇をトコトコ歩いている。ハリーは目を見張った。いったいどういうことなんだろう？　クルックシャンクスにもあの犬が見えるなら、あの犬がハリーの死の予兆だと言えるのだろうか？

「ロン！」ハリーは声を殺して呼んだ。「ロン！　起きて！」

「ウーン？」

「君にも何か見えるかどうか、見てほしいんだ！」

「まだ真っ暗だよ、ハリー」ロンがどんよりとつぶやいた。「何を言ってるんだい？」

「こっちに来て――」

ハリーは急いで振り返り、窓の外を見た。

クルックシャンクスも犬も消え去っていた。ハリーは窓台によじ登って、真下の城影の中をのぞき込んだが、そこにもいなかった。いったいどこに行ったのだろう？

大きないびきが聞こえた。ロンはまた寝入ったらしい。

翌日、ハリーはほかのグリフィンドール・チームの選手と一緒に、割れるような拍手に迎えられて大広間に入った。レイブンクローとハッフルパフのテーブルからも拍手が上がるのを見て、ハリーは自分の顔がほころぶのを止められなかった。スリザリンのテーブルからは、選手が通り過ぎるとき、いやみなヤジが飛んだ。マルフォイがいつにも増して青い顔をしているのに、ハリーは気づいた。

ウッドは朝食の間ずっと、選手に「食え、食え」と勧め、自分は何にも口にしなかった。それから、ほかのグリフィンドール生がまだ誰も食べ終わらないのに、状態をつかんでおくためにピッチに行け、と選手を急かした。選手が大広間を出ていくとき、またみんなが拍手した。

「ハリー、がんばってね！」チョウ・チャンの声に、ハリーは顔が赤くなるのを感じた。

「よーし……風らしい風もなし……太陽は少しまぶしいな。目がくらむかもしれないから用心しろよ……グラウンドはかなりしっかりしてる。よし、キック・オフはいいけりができる……」

ウッドは後ろにチーム全員を引き連れ、ピッチを往ったり来たりしてしっかり観察した。遠くのほうで、ついに城の正面扉が開くのが見えた。学校中が芝生にあふれ出した。

「更衣室へ」ウッドがきびきびと言った。

真紅のローブに着替える間、選手は誰も口をきかなかった。みんな、僕と同じ気分なのだろうか、とハリーは思った。朝食に、やけにもぞもぞ動く物を食べたような気分だ。あっという間に時が過ぎ、ウッドの声が響いた。

「よーし、時間だ。行くぞ……」

怒涛のような歓声の中、選手がピッチに出ていった。観衆の四分の三は真紅のバラ飾りを胸につけ、グリフィンドールのシンボルのライオンを描いた真紅の旗を振るか、「**行け！ グリフィンドール！**」とか「**ライオンに優勝杯を！**」などと書かれた横断幕を打ち振っている。しかし、スリザリンのゴール・ポストの後ろでは、二百人の観衆が緑のローブを着て、スリザリンの旗に、シンボルの銀色の蛇をきらめかせていた。スネイプ先生は最前列に陣取り、みんなと同じ緑をまとい、暗い笑みを漂わせていた。

「さあ、グリフィンドールの登場です！」

いつものように解説役のリー・ジョーダンの声が響いた。

「ポッター、ベル、ジョンソン、スピネット、ウィーズリー、ウィーズリー、そしてウッド。ホグワーツに何年に一度出るか出ないかの、ベスト・チームと広く認められています――」

リーの解説は、スリザリン側からの嵐のようなブーイングでかき消された。

「そして、こちらはスリザリン・チーム。率いるはキャプテンのフリント。メンバーを多少入れ替えたようで、腕よりデカさをねらったものかと――」

スリザリンからまたブーイングが起こった。しかし、ハリーはリーの言うとおりだと思った。スリザリン・チームでは、どう見てもマルフォイが一番小さく、あとは巨大な猛者ばかりだ。

「キャプテン、握手して！」フーチ先生が合図した。

フリントとウッドが歩み寄って互いの手をきつく握りしめた。まるで互いの指をへし折ろうとしているかのようだった。

「箒に乗って！」フーチ先生の号令だ。

「三――二――一！」

十四本の箒がいっせいに飛び上がり、ホイッスルの音は歓声でかき消された。ハリーは前髪が額から後ろへとかき上げられるのを感じた。飛ぶことで心が躍り、不安が吹き飛んだ。周りを見ると、マルフォイがすぐ後ろにくっついていた。ハリーはスニッチを探してスピードを上げた。

「さあ、グリフィンドールの攻撃です。グリフィンドールのアリシア・スピネット選手、クアッフルを取り、スリザリンのゴールにまっしぐら。いいぞ、アリシア！　アーッと、だめか――クアッフルがワリントンに奪われました。スリザリンのワリントン、猛烈な勢いでフィールドを飛んでます――**ガッツン！**　――ジョージ・ウィーズリーのすばらしいブラッジャー打ちで、ワリントン選手、クアッフルを取り落としました。拾うは――ジョンソン選手です。グリフィンドール、再び攻撃です。行け、アンジェリーナ――モンタギュー選手をうまくかわしました――アンジェリーナ、ブラッジャーだ。かわせ！　――**ゴール！　十対ゼロ、グリフィンドール得点！**」

アンジェリーナがピッチの端からぐるりと旋回しながら、ガッツポーズをした。下のほうで、真紅のじゅうたんが歓声を上げた。

「**あいたっ！**」

マーカス・フリントがアンジェリーナに体当たりをかまし、アンジェリーナが危うく箒から落ちそうになった。

観衆が下からブーイングした。

「悪い！　わりいな、見えなかったんだ！」フリントが言った。

次の瞬間、フレッド・ウィーズリーがビーターの棍棒をフリントの後頭部に投げつけ、フリントはつんのめって箒の柄にぶつかり、鼻血を出した。
「それまで！」
フーチ先生が一声叫び、二人の間に飛び込んだ。
「グリフィンドール、相手のチェイサーに不意打ちを食らわせたペナルティ！　スリザリン、相手のチェイサーに故意にダメージを与えたペナルティ！」
「そりゃ、ないぜ。先生！」
フレッドがわめいたが、フーチ先生はホイッスルを鳴らし、アリシアがペナルティ・スローのために前に出た。
「行け！　アリシア！」競技場がいっせいに沈黙に覆われる中、リー・ジョーダンが叫んだ。
「やったー！　キーパーを破りました！　二十対ゼロ、グリフィンドールのリード！」
ハリーはファイアボルトを急旋回させ、フリントを見守った。まだ鼻血を出しながら、フリントがスリザリン側のペナルティ・スローのために前に飛んだ。ウッドがグリフィンドールのゴールの前に浮かび、歯を食いしばっている。
「何てったって、ウッドはすばらしいキーパーであります！」

フリントがフーチ先生のホイッスルを待つ間、リー・ジョーダンが観衆に語りかけた。

「すーばらしいのです！　キーパーを破るのは難しいのです――まちがいなく難しい――**やったー！　信じらんねえぜ！　ゴールを守りました！**」

ハリーはホッとしてその場を飛び去り、あたりに目を配ってスニッチを探した。その間もリーの解説を一言も聞きもらさないように注意した。グリフィンドールが五十点の差をつけるまではマルフォイをスニッチに近づけないようにすることが肝心だ。

「グリフィンドールの攻撃、いや、スリザリンの攻撃――いや！――グリフィンドールがまたクアッフルを取り戻しました。ケイティ・ベルです。グリフィンドールのケイティ・ベルがクアッフルを取りました。ピッチを矢のように飛んでいます――**あいつめ、わざとやりやがった！**」

スリザリンのチェイサー、モンタギューがケイティの前方に回り込み、クアッフルを奪うかわりにケイティの頭をむんずとつかんだ。ケイティは空中でもんどり打ったが、何とか箒からは落ちずにすんだ。しかし、クアッフルは取り落とした。

フーチ先生のホイッスルがまた鳴り響き、先生が下からモンタギューのほうに飛び上がってしかりつけた。一分後、ケイティがスリザリンのキーパーを破ってペナルティを決めた。

「**三十対ゼロ！　ざまぁ見ろ、汚い手を使いやがって。卑怯者――**」

「ジョーダン、公平中立な解説ができないなら――！」

「先生、ありのまま言ってるだけです！」

ハリーは興奮でドキッとした。スニッチを見つけたのだ――グリフィンドールの三本のゴール・ポストの一本の根元で、かすかに光っている――まだつかむわけにはいかない。しかしもし、マルフォイが気づいたら……。

急に何かに気を取られたふりをして、ハリーはファイアボルトの向きを変え、スピードを上げてスリザリンのゴールのほうに飛んだ。うまくいった。マルフォイは、ハリーがそっちにスニッチを見つけたと思ったらしく、あとをつけて疾走してきた……。

ヒューッ。

ブラッジャーがハリーの右耳をかすめて飛んでいった。スリザリンのデカブツビーター、デリックが打った球だ。

ヒューッ。

もう一個のブラッジャーがハリーのひじをこすった。もう一人のビーター、ボールが迫っていた。

ハリーは、ボールとデリックが棍棒を振り上げ、自分めがけて飛んでくるのをちらりと目にした――。

ぎりぎりのところで、ハリーはファイアボルトを上に向けた。ボールとデリックがボクッといやな音を立てて正面衝突した。

「ハッハーだ！」

スリザリンのビーター二人が、頭を抱えてふらふらと離れるのを見て、リー・ジョーダンが叫んだ。

「お気の毒さま！　ノァイアボルトに勝てるもんか。顔を洗って出なおせ！　さて、またまたグリフィンドールのボールです。ジョンソンがクアッフルを手にしています――フリントがマークしています――アンジェリーナ、やつの目をつついてやれ！――あ、ほんの冗談です、先生。冗談ですよ――ああ、ダメだ――フリントがクアッフルを取りました。フリント、グリフィンドールのゴールめがけて飛びます。それっ、ウッド、ブロックしろ！――」

しかし、フリントが得点し、スリザリン側から大きな歓声が巻き起こった。リーがさんざん悪態をついたので、マクゴナガル先生は魔法のマイクをリーからひったくろうとした。

「すみません、先生。すみません！　二度と言いませんから！　さて、グリフィンドール、三十対十でリードです。ボールはグリフィンドール側――」

試合はハリーが今まで参加した中で最悪の泥仕合となった。グリフィンドールが早々とリードを奪ったことで頭にきたスリザリンは、たちまち、クアッフルを奪うためには手段を選ばない戦法に出た。ボールはアリシアを棍棒でなぐり、「ブラッジャーとまちがえた」と言い逃れようとした。仕返しに、ジョージ・ウィーズリーがボールの横っ面にひじ鉄を食らわせた。フーチ先生は両チームからペナルティを取り、ウッドが二度目のファイン・プレーで、スコアは四十対十、グリフィンドールのリードだ。

スニッチはまた見えなくなった。ハリーは試合の渦中から離れて舞い上がり、スニッチを探したが、マルフォイはまだハリーに密着していた――ここでグリフィンドールがいったん、五十点の差をつけたら……。

ケイティが得点し、五十対十。スリザリンが得点の仕返しをしかねないと、フレッドとジョージ・ウィーズリーが棍棒を振り上げてケイティの周りを飛び回った。ボールとデリックが双子のいないすきを突き、ブラッジャーでウッドをねらい撃ちした。二個とも続けてウッドの腹に命中し、ウッドは「ウッ」と言って宙返りし、かろうじて箒にしがみついた。

フーチ先生が怒りでぶっとんだ。

「クアッフルがゴールエリアに入っていないのにキーパーを襲うとは何事ですか！」
フーチ先生がボールとデリックに向かって叫んだ。
「ペナルティ・スロー！　グリフィンドール！」
アンジェリーナが得点。六十対十。その直後、フレッド・ウィーズリーがブラッジャーをワリントンにめがけて強打し、ワリントンは持っていたクアッフルを取り落とし、それをアリシアが奪ってゴールを決めた。七十対十。
観客席ではグリフィンドール応援団が声をからして叫んでいる――グリフィンドール六十点のリード。ここでもしハリーがスニッチをつかめば、優勝杯はいただきだ。ほかの選手より一段高いところで、マルフォイにマークされながらフィールドを飛び回っているハリーを、何百という目が追っている。ハリーはその視線を感じた。
そして、見つけた。スニッチが自分の六、七メートル上でキラキラしているのを、ハリーは見つけた。
ハリーはスパートをかけた。耳元で風がうなった。ハリーは手を伸ばした。ところが、急にファイアボルトのスピードが落ちた――。
ハリーは愕然としてあたりを見回した。マルフォイが前に身を乗り出してファイアボルトの尾を握りしめ、引っ張っているではないか。

「こいつーっ」

怒りのあまり、ハリーはマルフォイをなぐりたかったが、届かない。マルフォイはファイアボルトにしがみつきながら息を切らしていたが、目だけはらんらんと輝いていた。マルフォイのねらいどおりになった――スニッチはまたしても姿をくらましたのだ。

「ペナルティ！　グリフィンドールにペナルティ・スロー！　こんな手口は見たことがない！」

フーチ先生が、金切り声を上げながら飛んできた。マルフォイは自分のニンバス２００１の上にするすると戻るところだった。

「**このゲス野郎！**」

リー・ジョーダンがマクゴナガル先生の手の届かないところへと躍り出ながら、マイクに向かって叫んでいる。

「**このカス、卑怯者、この――！**」

マクゴナガル先生はリーのことを叱るどころではなかった。自分もマルフォイに向かって拳を振り、帽子は頭から落ち、怒り狂って叫んでいた。

アリシアがペナルティでゴールをねらったが、怒りで手元が狂い、一、二メートルはずれてしまった。グリフィンドール・チームは乱れて集中力を失い、逆にスリザリン・チームはマルフォイがハリーに仕掛けたファウルで活気づき、有頂天だった。

「スリザリンのボールです。スリザリン、ゴールに向かう――モンタギューのゴール――」リーがうめいた。「七十対二十でグリフィンドールのリード……」

今度はハリーがマルフォイをマークした。ぴったり張りついたので、互いのひざが触れるほどだった。マルフォイなんかを絶対にスニッチに近づかせてなるものか……。

「どけよ、ポッター！」

ターンしようとしてハリーにブロックされ、マルフォイがいらいらして叫んだ。

「アンジェリーナ・ジョンソンがグリフィンドールにクアッフルを取りました。行け、アンジェリーナ。**行けーっ！**」

ハリーはあたりを見回した。マルフォイ以外のスリザリン選手は、ゴール・キーパーも含めて全員、アンジェリーナを追って疾走していた――全員でアンジェリーナをブロックする気だ――。

ハリーはくるりとファイアボルトの向きを変え、箒の柄にぴったり張りつくように身をかがめ、前方めがけてキックした。まるで弾丸のように、ハリーはスリザリン・チームに突っ込んだ。

「アアアアアアアーーーッ！」

ファイアボルトが突っ込んでくるのを見て、スリザリン・チームは散り散りになった。アンジェリーナはノー・マーク状態になった。

「アンジェリーナ、ゴール！　アンジェリーナ、決めました！　グリフィンドールのリード、八十対二十！」

ハリーはスタンドに真正面から突っ込みそうになったが、空中で急停止し、旋回してピッチの中心に向かって急いだ。

その時、ハリーは心臓が止まるようなものを見た。マルフォイが勝ち誇った顔で急降下している——あそこだ。芝生の一、二メートル上に、小さな金色にきらめくものが。

ハリーはファイアボルトをかって降下した。しかし、マルフォイがはるかにリードしている。

「行け！　行け！　行け！」ハリーは箒を鞭打った。マルフォイに近づいていく……ボールがハリーめがけてブラッジャーを打ち込んだ。ハリーは箒の柄にぴったり身を伏せた……マルフォイのかかとまで追いついた……並んだ——。

ハリーは両手を箒から放し、思いっきり身を乗り出した。マルフォイの手を払いのけた。そして——。

「やった！」

ハリーは急降下から反転し、空中高く手を突き出した。競技場が爆発した。ハリーは観衆の上を高々と飛んだ。耳の中が奇妙にジンジン鳴っている。しっかり握りしめた手の中で、小さな金色のボールが羽をはたつかせてもがいているのを、指で感じた。

ウッドがハリーのほうに飛んできた。涙でほとんど目が見えなくなっている。ハリーの首を抱きしめ、ハリーの肩に顔をうずめて、ウッドはとめどなく泣きに泣いた。ハリーはバシリ、バシリと二度たたかれるのを感じた。フレッドとジョージだった。それから、アンジェリーナ、アリシア、ケイティの声が聞こえた。

「優勝杯よ！　私たちが優勝よ！」

腕をからませ、抱き合い、もつれ合い、声をからして叫びながら、グリフィンドール・チームは地上に向かって降下していった。

真紅の応援団が柵を乗り越えて、波のようにピッチになだれ込んだ。選手は雨あられと背中をたたかれた。ごった返しの中で、大勢が大騒ぎでドッと押し寄せてくるのをハリーは感じた。次の瞬間、ハリーもほかの選手も、みんなに肩車されていた。肩車の上で光を浴び、ハリーはハグリッドの姿を見た。真紅のバラ飾りをべたべたつけている——。

「やっつけたぞ、ハリー。おまえさんがやつらをやっつけた！　バックビークに早く教えてやんねえと！」

パーシーもいつもの尊大ぶりはどこへやら、狂ったようにピョンピョン跳びはねている。マクゴナガル先生はウッド顔負けの大泣きで、巨大なグリフィンドールの寮旗で目をぬぐっていた。そして、ハリーに近づこうと必死に人群れをかき分ける、ロンとハーマイオニーの姿があった。二人とも言葉が出ない。肩車でスタンドのほうに運ばれていくハリーに、二人はただニッコリと笑いかけた。その先ではダンブルドアが大きなクィディッチ優勝杯を持って待っている。

もし、今、吸魂鬼がそのあたりにいたら……ウッドがしゃくり上げながら優勝杯をハリーに渡し、ハリーがそれを天高く掲げたとき……、今なら世界一すばらしい守護霊を創り出せる、とハリーは思った。

第16章 トレローニー先生の予言

クィディッチ杯をついに勝ち取ったという夢見心地は少なくとも一週間続いた。天気さえも祝ってくれているようだった。六月が近づき、空は雲一つなく、蒸し暑い日が続いた。誰もが何もする気になれず、ただ校庭をぶらぶらしては芝生にべったりと腰を下ろし、冷たい魔女かぼちゃジュースをたっぷり飲むとか、ゴブストーン・ゲームにたわいなく興ずるとか、湖上を眠たそうに泳ぐ大イカを眺めるとかして過ごしたいと思った。

ところがそうはいかない。試験が迫っていた。戸外で息抜きするどころか、みんな無理やり城の中にとどまって、窓から漂ってくる魅惑的な夏の匂いをかぎながら、脳みそに気合を入れて集中させなければならなかった。フレッドとジョージでさえ勉強しているのを見かけることがあった。二人ともO・W・L（標準魔法レベル）試験を控えていた。パーシーはN・E・W・T（めちゃくちゃつかれる魔法テスト）という、ホグワーツ校が授与する最高の資格テストを受ける準備をしていた。パーシーは魔法省に就職希望だったので、最高の成績を取る必要があった。

パーシーは日増しにとげとげしくなり、談話室の夜の静寂を乱す者があれば、誰かれ容赦なく厳しい罰を与えた。ただ一人ハーマイオニーだけが、パーシーより気が立っているようだった。

ハリーもロンも、ハーマイオニーがどうやって同時に複数のクラスに出席しているのか、聞くのをあきらめていた。しかし、ハーマイオニーが自分で書いた試験の予定表を見て、どうしてもがまんできなくなった。最初の予定はこうだ。

月曜日　9時　数占い
　　9時　変身術
　　ランチ
　　1時　呪文学
　　1時　古代ルーン文字学

「ハーマイオニー？」ロンがおずおずと話しかけた。近ごろ、ハーマイオニーはじゃまされるとすぐ爆発するからだ。「あの――この時間表、写しまちがいじゃないのかい？」

「何ですって？」ハーマイオニーはキッとなって予定表を取り上げ、たしかめた。「大丈夫よ」

「どうやって同時に二つのテストを受けるのか、聞いてもしょうがないよね？」ハリーが聞いた。

「しょうがないわ」にべもない答えだ。

「あなたたち、私の『数秘学と文法学』の本、見なかった？」

「ああ、見ましたとも。寝る前の軽い読書のためにお借りしましたよ」ロンがちゃかしたが、至極小さな声だった。

ハーマイオニーは本を探して、テーブルの上の羊皮紙の山をガサゴソ動かしはじめた。そのとき、窓辺で羽音がしたかと思うと、ヘドウィグがくちばしにしっかりとメモをくわえて舞い降りてきた。

「ハグリッドからだ」ハリーは急いでメモを開いた。「バックビークの控訴――六日に決まった」

「試験が終わる日だわ」ハーマイオニーが、「数占い」の教科書をまだあちこち探しながら言った。

「みんなが裁判のためにここにやってくるらしい」ハリーは手紙を読みながら言った。「魔法省からの誰かと――死刑執行人が」

ハーマイオニーが驚いて顔を上げた。

「控訴に死刑執行人を連れてくるの！　それじゃ、まるで判決が決まってるみたいじゃない！」

「ああ、そうだね」ハリーは考え込んだ。

「そんなこと、させるか！」ロンが叫んだ。「僕、あいつのためにながーいこと資料を探したんだ。それを全部無視するなんて、そんなことさせるか！」

しかし、「危険生物処理委員会」がマルフォイ氏の言うなりで、もう意思を固めたのでは、と、ハリーはいやな予感でぞっとした。クィディッチ優勝戦でグリフィンドールが勝って以来、ドラコは目に見えておとなしくしていたが、ここ数日は、昔のいばりくさった態度をやや取り戻したようだった。バックビークは必ず殺されると自信たっぷりで、自分がそのようにしむけたことがゆかいでたまらないとマルフォイが嘲っていたことを、ハリーは人づてに聞いた。そんな時、ハリーは、ハーマイオニーにならってマルフォイの横っ面を張り倒したい衝動を、やっとこらえた。最悪なのは、ハグリッドを訪ねる時間もチャンスもないことだった。厳重な警戒体制はまだ解かれていないし、ハリーは隻眼の魔女の像の下から透明マントを取り戻してくる気にはとてもなれなかった。

試験が始まり、週明けの城は異様な静けさに包まれた。月曜日の昼食時、三年生は「変身術」の教室から、血の気も失せ、よれよれになって出てきて、結果を比べ合ったり、試験の課題が難し過ぎたと嘆いたりしていた。ティーポットを陸亀に変えるという課題もその一つだった。ハーマイオニーは自分のが陸亀というより海亀に見えたとやきもきして、みんなをいら立たせた。ほかの生徒は、そんな些細なことまで心配するどころではなかった。

「僕のはしっぽのところがポットの注ぎ口のままさ。悪夢だよ……」
「亀って、そもそも口から湯気を出すんだっけ？」
「僕のなんか、甲羅に柳模様がついたまんまだったんだ。ねえ、減点されるかなぁ？」
あわただしい昼食のあと、すぐに教室に上がって「呪文学」の試験だ。ハーマイオニーの言うとおりだった。フリットウィック先生はやっぱり「元気の出る呪文」をテストに出した。ハリーは緊張して少しやり過ぎてしまい、相手のロンは笑いの発作が止まらなくなり、静かな部屋に隔離され、一時間休んでからテストを受ける始末だった。夕食後、みんな急いで談話室に戻ったが、のんびりするためではなく、次の試験科目、「魔法生物飼育学」、「魔法薬学」、「天文学」の復習をするためだった。
次の日の午前中、「魔法生物飼育学」の試験監督はハグリッドだったが、よほどの心配事がある様子で、まったく心ここにあらずだった。取れたばかりのレタス食い虫を大きなたらいいっぱいに入れ、一時間後に自分のレタス食い虫がまだ生きていたらテストは合格だと言い渡した。レタス食い虫は放っておくと最高に調子がよいので、こんな楽な試験はまたとなかった。ハリー、ロン、ハーマイオニーにとっては、ハグリッドと話をするいいチャンスになった。
「ビーキーは少し滅入っとる」ハリーの虫がまだ生きているかどうか調べるふりをして、かがみ込みながら、ハグリッドが三人に話しかけた。「長いこと狭いとこに閉じ込められてるしな。そんでもまだ……あさってにははっきりする――どっちかにな」

午後は「魔法薬学」で、完璧な大失敗だった。どうがんばっても、ハリーの「混乱薬」は濃くならず、スネイプは、そばに立って、恨みを晴らすかのようにそれを楽しんで見ていたが、次の生徒のところに行く前に、どうやらゼロのような数字をノートに書き込んだ。

次は真夜中に一番高い塔に登って「天文学」だった。水曜の朝は「魔法史」。中世の魔女狩りについて、フローリアン・フォーテスキュー店のおやじさんが教えてくれたことすべてを書きつづりながら、ハリーは、この息の詰まるような教室で、今、あの店のチョコ・ナッツサンデーが食べられたらどんなにいいだろうと思った。水曜の午後は、焼けつくような太陽の下で温室に入り、「薬草学」だった。みんな首筋を日焼けでヒリヒリさせながら談話室に戻り、すべてが終わる次の日の今ごろを待ち焦がれた。

最後から二番目のテストは木曜の午前中、「闇の魔術に対する防衛術」だった。ルーピン先生はこれまで誰も受けたことがないような、独特の試験を出題した。戸外での障害物競走のようなもので、水魔のグリンデローが入った深いプールを渡り、赤帽鬼のレッドキャップがいっぱいひそんでいる穴だらけの場所を横切り、道に迷わせようと誘うおいでおいで妖怪のヒンキーパンクをかわして沼地を通り抜け、最後に、最近捕まったまね妖怪、ボガートが閉じ込められている大きなトランクに入り込んで戦うというものだ。

「上出来だ、ハリー」

ハリーがニッコリしながらトランクから出てくると、ルーピンが低い声で「満点」と言った。

うまくいったことで気分が高揚し、ハリーはしばらくそこでロンとハーマイオニーの様子を見た。ロンはヒンキーパンクのところまではうまくやったが、ヒンキーパンクにまどわされて泥沼に腰まで沈んでしまった。ハーマイオニーはすべて完璧にこなし、まね妖怪がひそむトランクに入ったが、一分ほどして叫びながら飛び出してきた。

「ハーマイオニー」ルーピンが驚いて声をかけた。「どうしたんだ？」

「マ、マ、マクゴナガル先生が！　先生が、私、全科目落第だって！」ハーマイオニーはトランクを指して絶句した。

ハーマイオニーを落ち着かせるのにしばらく時間がかかった。ようやくいつもの自分に戻ったところで、ハーマイオニーはハリー、ロンと連れ立って城へと向かった。ロンはハーマイオニーのまね妖怪騒ぎをまだちょっとからかっていたが、口げんかにならずにすんだのは、正面玄関の石段のてっぺんにいる人物を目にしたからだった。

コーネリウス・ファッジが細じまのマントを着て、汗をかきながら校庭を見つめていた。ハリーの姿を見つけ、ファッジはぎくりとしたように動いた。

「やあ、ハリー！　試験を受けてきたのかね？　そろそろ試験も全部終わりかな？」

「はい」ハリーが答えた。ハーマイオニーとロンは魔法大臣と親しく話すような仲ではないので、後ろのほうでなんとなくうろうろしていた。

「いい天気だ」ファッジは湖のほうを見やった。「それなのに……それなのに」

ファッジは深いため息をつくと、ハリーを見下ろした。

「ハリー、あまりうれしくないお役目で来たんだがね。『危険生物処理委員会』が私に狂暴なヒッポグリフの処刑に立ち会ってほしいと言うんだ。ブラック事件の状況を調べるのにホグワーツに来る必要もあったので、ついでに立ち会ってくれというわけだ」

「もう控訴裁判は終わったということですか？」ロンが思わず進み出て口を挟んだ。

「いや、いや。今日の午後の予定だがね」ファッジは興味深げにロンを見た。

「それだったら、処刑に立ち会う必要なんか全然なくなるかもしれないじゃないですか！」ロンが頑として言った。「ヒッポグリフは自由になるかもしれない！」

ファッジが答える前に、その背後の扉を開けて、城の中から二人の魔法使いが現れた。一人はよぼよぼで、見ている目の前でしなびはてていくような大年寄り、もう一人は真っ黒な細い口ひげを生やした、がっしりと大柄の魔法使いだ。「危険生物処理委員会」の委員たちなのだろうとハリーは思った。大年寄りが目をしょぼつかせてハグリッドの小屋のほうを見ながら、か細い声でこう言ったからだ。

「やーれ、やれ。わしゃ、年じゃで、こんなことはもう……ファッジ、二時じゃったかな？」

黒ひげの男はベルトに挟んだ何かを指でいじっていた。ハリーがよく見ると、太い親指でピカピカの斧の刃をなで上げていた。ロンが口を開いて何か言いかけたが、ハーマイオニーがロンの脇腹をこづいて玄関ホールのほうへとあごでうながした。

「なんで止めたんだ？」昼食を食べに大広間に入りながら、ロンが怒って聞いた。

「あいつら、見たか？　斧まで用意してきてるんだぜ。どこが公正裁判だって言うんだ！」

「ロン、あなたのお父様、魔法省で働いてるんでしょ？　お父様の上司に向かって、そんなこと言えないわよ！」

ハーマイオニーはそう言いながらも、自分も相当まいっているようだった。

「ハグリッドが今度は冷静になって、ちゃんと弁護しさえすれば、バックビークを処刑できるはずないじゃない……」

ハーマイオニー自身、自分の言っていることを信じてはいないことが、ハリーにはよくわかった。周りではみんなが昼食を食べながら、午後には試験が全部終わるのを楽しみに、興奮してはしゃいでいた。しかし、ハリーとロン、ハーマイオニーは、ハグリッドとバックビークのことが心配で、とてもはしゃぐ気にはなれなかった。

ハリーとロンの最後の試験は「占い学」、ハーマイオニーのは「マグル学」だった。大理石の階段を三人で一緒に上り、二階の廊下でハーマイオニーが去り、ハリーとロンは八階まで上がった。トレローニー先生の教室に上るらせん階段にはクラスのほかの生徒が大勢腰かけ、最後の詰め込みをしていた。

二人が座ると、「一人一人試験するんだって」と隣のネビルが教えた。ネビルのひざには、『未来の霧を晴らす』の教科書が置かれ、水晶玉のページが開かれていた。

「君たち、水晶玉の中に、何でもいいから、何か見えたことある？」ネビルはみじめそうに聞いた。

「ないさ」ロンは気のない返事をした。しょっちゅう時計を気にしている。バックビークの控訴裁判の時間まであとどのくらいあるかを気にしているのだと、ハリーにはわかった。

教室の外で待つ列は、なかなか短くならなかった。銀色のはしごを一人一人下りてくるたびに、待っている生徒が小声で聞いた。
「先生に何て聞かれた？　たいしたことなかった？」
全員が答えを拒否した。
「もしそれを君たちにしゃべったら、僕、ひどい事故にあうって、トレローニー先生が水晶玉にそう出てるって言うんだ！」
ネビルがはしごを下り、順番が進んで踊り場のところまで来ていたハリーとロンのほうにやってきて、かん高い声でそう言った。
「勝手なもんだよな」ロンがフフンと鼻を鳴らした。
「ハーマイオニーが当たってたような気がしてきたよ」
ロンは頭上の跳ね戸に向かって親指を突き出した。
「まったくインチキばあさんだ」
「まったくだ」ハリーも自分の時計を見た。もう二時だった。「急いでくれないかなぁ……」
パーバティが誇らしげに顔を輝かせてはしごを下りてきた。
「私、本物の占い師としての素質をすべて備えてるんですって」ハリーとロンにそう告げた。
「私、いろーんなものが見えたわ……じゃ、がんばってね！」

パーバティはらせん階段を下り、急いでラベンダーのほうに行った。

「ロナルド・ウィーズリー」

聞きなれた、あの霧のかなたの声が、頭の上から聞こえてきた。ロンはハリーに向かってしかめっ面をして見せ、それから銀のはしごを上って姿が見えなくなった。ハリーが最後の一人だった。床に座り、背中を壁にもたせかけ、夏の陽射しを受けた窓辺でハエがブンブン飛び回る音を聞きながら、ハリーの心は校庭のむこうのハグリッドのところに飛んでいた。

二十分もたったろうか。やっとロンの大足がはしごの上に現れた。

「どうだった？」ハリーは立ち上がりながら聞いた。

「あほくさ。何にも見えなかったからでっち上げたよ。先生が納得したとは思わないけどさ……」

トレローニー先生の声が「ハリー・ポッター！」と呼んだ。

「談話室で会おう」ハリーが小声で言った。

塔のてっぺんの部屋はいつもよりいっそう暑かった。カーテンは閉めきられ、火は燃え盛り、いつものむっとするような香りでむせて咳き込みながら、ハリーは大きな水晶玉の前で待っているトレローニー先生のところまで、椅子やテーブルでごった返している部屋をつまずきながら進んだ。

「こんにちは。いい子ね」先生は静かに言った。「この玉をじっと見てくださらないこと……ゆっくりでいいのよ……それから、中に何が見えるか、教えてくださいましな……」

ハリーは水晶玉に覆いかぶさるようにしてじっと見た。白い靄が渦巻いている以外に何か見えますようにと、必死で見つめた。しかし、何も起こりはしない。

「どうかしら？」トレローニー先生がそれとなくうながした。「何か見えて？」

暑くてたまらない。それに、すぐ脇の暖炉から煙とともに漂ってくる香りが、ハリーの鼻の穴を刺激する。ハリーはロンが今しがた言ったことを思い出し、見えるふりをすることにした。

「えーっと、黒い影……フーム……」

「何に見えますの？」トレローニー先生がささやいた。「よーく考えて……」

ハリーはあれこれ思いめぐらして、バックビークにたどり着いた。

「ヒッポグリフです」ハリーはきっぱり答えた。

「まあ！」トレローニー先生はささやくようにそう言うと、ひざの上にちょこんとのっている羊皮紙に何やら熱心に走り書きした。「あなた、気の毒なハグリッドと魔法省のもめ事の行方を見ているのかもしれませんわ。よーくご覧なさい……ヒッポグリフの様子を……首はついているかしら？」

「はい」ハリーはきっぱりと言った。
「ほんとうに？」先生は答えをうながした。「ほんとうに、そう？　もしかしたら、地面でのた打ち回っている姿が見えないかしら。その後ろで斧を振り上げている黒い影が見えないこと？」
「いいえ！」ハリーは吐き気がしてきた。
「血は？　ハグリッドが泣いていませんこと？」
「いいえ！」ハリーはくり返した。とにかくこの部屋を出たい、暑さから逃れたいと、ますます強く願った。「元気そうです。それに――飛び去るところです……」
トレローニー先生がため息をついた。
「それじゃ、ね、ここでおしまいにいたしましょう……ちょっと残念でございますわ……でも、あなたはきっとベストを尽くしたのでしょう」
ハリーはホッとして立ち上がり、かばんを取り上げて帰りかけた。すると、ハリーの背後から太い荒々しい声が聞こえた。
「**事は今夜起こるぞ**」
ハリーはくるりと振り返った。トレローニー先生が、うつろな目をして、口をだらりと開け、ひじかけ椅子に座ったまま硬直していた。

「な、何ですか？」ハリーが聞いた。

しかし、トレローニー先生はまったく聞こえていないようだ。目がぎょろぎょろ動きはじめた。ハリーは戦慄してその場に立ちすくんだ。先生は今にも引き付けの発作でも起こしそうだった。ハリーは医務室にかけつけるべきかどうか迷った――すると、トレローニー先生がまた話しはじめた。いつもの声とはまったくちがう、さっきの荒々しい声だった。

「闇の帝王は、友もなく孤独に、朋輩に打ちすてられて横たわっている。その召使いは十二年間鎖につながれていた。今夜、真夜中になる前、その召使いは自由の身となり、ご主人様のもとに馳せ参ずるであろう。闇の帝王は、召使いの手を借り、再び立ち上がるであろう。以前よりさらに偉大に、より恐ろしく。今夜だ……真夜中前……召使いが……そのご主人様の……もとに……馳せ参ずるであろう」

トレローニー先生の頭がガクッと前に傾き、胸の上に落ちた。ウウーッとうめくような音を出したかと思うと、先生の首がまたピンと起き上がった。

「あーら、ごめんあそばせ」先生が夢見るように言った。「今日のこの暑さでございましょ……あたくし、ちょっとうとうとと……」

ハリーはその場に突っ立ったままだった。

「まあ、あなた、どうかしまして？」
「先生は――先生はたった今おっしゃいました――闇の帝王が再び立ち上がる……その召使いが帝王のもとに戻る……」
トレローニー先生は仰天した。
「闇の帝王？『名前を言ってはいけないあの人』のことですの？　まあ、坊や、そんなことを、冗談にも言ってはいけませんわ……再び立ち上がる、なんて……」
「でも、先生がたった今おっしゃいました！　先生が、闇の帝王が――」
「坊や、きっとあなたも、うとうとしたのでございましょ！　あたくし、そこまでとてつもないことを予言するほど厚かましくございませんことよ！」
ハリーははしごを下り、らせん階段を下りながら考え込んだ……トレローニー先生が本物の予言をするのを聞いてしまったのだろうか？　それとも試験の最後を飾る、先生独特の演出だったのだろうか？
五分後、ハリーは、グリフィンドール塔の入口の外を警備するトロールの脇を大急ぎで通り過ぎた。トレローニー先生の言葉が頭の中でまだ響いている。人波が笑いさざめき、冗談を飛ばしながら、ハリーと逆の方向に元気よく流れていった。待ち焦がれた自由を校庭で少しばかり楽しもうというわけだ。ハリーが肖像画の穴にたどり着き、談話室に入るころには、もうほとんど誰もいなくなっていた。しかし、隅のほうに、ロンとハーマイオニーが座り込んでいた。

「トレローニー先生が」ハリーが息をはずませながら言った。「今しがた僕に言ったんだ――」

しかし、二人の顔を見て、ハリーはハッと言葉をのんだ。

「バックビークが負けた」ロンが弱々しく言った。「ハグリッドが今これを送ってよこした」

ハグリッドの手紙は、今度は涙がにじんでぬれてはいなかった。しかし書きながら激しく手が震えたらしく、ほとんど字が判読できなかった。

控訴に敗れた。日没に処刑だ。おまえさんたちにできるこたぁなんにもねえんだから、来るなよ。おまえさんたちに見せたくねえ。

ハグリッド

「行かなきゃ」ハリーが即座に言った。「ハグリッドが一人で死刑執行人を待つなんて、そんなことさせられないよ」

「でも、日没だ」死んだような目つきで窓の外を見つめながら、ロンが言った。

「絶対許可してもらえないだろうし……ハリー、特に君は……」
ハリーは頭を抱えて考え込んだ。
「透明マントさえあればなあ……」
「どこにあるの？」ハーマイオニーが聞いた。
ハリーは、隻眼の魔女像の下にある抜け道に置いてきたしだいを説明し、しめくくりにこう言った。
「……スネイプがあの辺でまた僕を見かけたりしたら、僕、とっても困ったことになるよ」
「それはそうだわ」ハーマイオニーが立ち上がった。
「スネイプが見かけるのがあなたならね……魔女の背中のこぶはどうやって開けばいいの？」
「それは――それは、杖でたたいて『ディセンディウム――降下』って唱えるんだ。でも――」
ハーマイオニーは最後まで聞かずにさっさと談話室を横切り、太った婦人の肖像画を開け、姿を消した。
「まさか、取りにいったんじゃ？」ロンが目を見張ってその後ろ姿を追った。
まさか、だった。十五分後、ハーマイオニーは大事そうにたたんだ銀色の透明マントをローブの下に入れて現れた。

「ハーマイオニー、最近、どうかしてるんじゃないのか！」
ロンが度胆を抜かれたように言った。
「マルフォイはひっぱたくわ、トレローニー先生のクラスは飛び出すわ――」
ハーマイオニーはちょっと得意げな顔をした。

三人はみんなと一緒に夕食を食べに下りたが、そのあとグリフィンドール塔へは戻らなかった。ハリーは透明マントをローブの前に隠し、ふくらみを隠すのに両腕をずっと組んだままだった。玄関ホールの隅にある、誰もいない小部屋に、三人はこっそり隠れ、聞き耳を立てて、みんながいなくなるのをたしかめた。最後の二人組がホールを急ぎ足で横切り、ドアがバタンと閉まる音を聞いてから、ハーマイオニーは小部屋から首を突き出してドアのあたりを見回した。
「オーケーよ」ハーマイオニーがささやいた。「誰もいないわ――『マント』を着て――」
誰にも見えないよう、三人はぴったりくっついて歩いた。マントに隠れ、抜き足差し足で玄関ホールを横切り、石段を下りて校庭に出た。太陽はすでに禁じられた森のむこうに沈みかけ、木々の梢が金色に輝いていた。
ハグリッドの小屋にたどり着いてドアをノックした。一分ほど、答えがなかった。やっと現れたハグリッドは、青ざめた顔で震えながら、誰が来たのかとそこら中を見回した。
「僕たちだよ」ハリーがヒソヒソ声で言った。「透明マントを着てるんだ。中に入れて。そしたらマントを脱ぐから」
「来ちゃなんねえだろうが！」ハグリッドはそうささやきながらも、一歩下がった。三人が中に入った。ハグリッドは急いで戸を閉め、ハリーはマントを脱いだ。
ハグリッドは泣いてはいなかったし、三人の首っ玉にかじりついてもこなかった。自分がいったいどこにいるのか、どうしたらいいのか、まったく意識がない様子だった。茫然自失のハグリッドを見るのは、涙を見るよりつらかった。
「茶、飲むか？」やかんのほうに伸びたハグリッドのでっかい手が、ブルブル震えていた。
「ハグリッド、バックビークはどこなの？」ハーマイオニーがためらいがちに聞いた。
「俺――俺、あいつを外に出してやった」
ハグリッドはミルクを容器に注ごうとして、テーブルいっぱいにこぼした。
「俺のかぼちゃ畑に、つないでやった。木やなんか見たほうがいいだろうし――新鮮な空気も吸わせて――そのあとで――」
ハグリッドの手が激しく震え、持っていたミルク入れが手からすべり落ち、粉々になって床に飛び散った。
「私がやるわ、ハグリッド」ハーマイオニーが急いでかけ寄り、床をきれいにふきはじめた。
「戸棚にもう一つある」
ハグリッドは座り込んで、そので額をぬぐった。ハリーはロンをちらりと見たが、ロンもどうしようもないという目つきでハリーを見返した。
「ハグリッド、誰でもいい、何でもいいから、できることはないの？」ハリーはハグリッドと並んで腰かけ、語気を強めて聞いた。「ダンブルドアは――」
「ダンブルドアは努力なさった。だけんど、委員会の決定を覆す力はお持ちじゃねえ。ダンブルドアは連中に、バックビークは大丈夫だって言いなさった――だけんど、連中は怖気づいて……ルシウス・マルノオイがどんなやつか知っちょるだろう……連中を脅したんだ、そうなんだ……そんで、処刑人のマクネアはマルフォイの昔っからのダチだし……。だけんど、あっという間にすっぱりいく……俺がそばについててやるし……」
ハグリッドはゴクリとつばを飲み込んだ。わずかの望み、なぐさめのかけらを求めるかのように、ハグリッドの目が小屋のあちこちをうつろにさまよった。
「ダンブルドアがおいでなさる。事が――事が行われるときに。今朝手紙をくださった。俺の

――俺のそばにいたいとおっしゃる。偉大なお方だ、ダンブルドアは……」

かわりのミルク入れを探して、ハグリッドの戸棚をかき回していたハーマイオニーが、こらえきれずに、小さく、短く、すすり泣きをもらした。ミルク入れを手に持ち、ハーマイオニーは背筋を伸ばして、ぐっと涙をこらえた。

「ハグリッド、私たちもあなたと一緒にいるわ」

しかし、ハグリッドはもじゃもじゃ頭を振った。

「おまえさんたちは城へ戻るんだ。言っただろうが、おまえさんたちにゃ見せたくねえ。それに、初めっから、ここに来てはなんねえんだ……ファッジやダンブルドアが、おまえさんたちが許可ももらわずに外にいるのを見つけたら、ハリー、おまえさん、やっかいなことになるぞ」

声もなく、ハーマイオニーのほおを涙が流れ落ちていた。しかし、ハグリッドに見せまいと、ハーマイオニーはお茶の支度にせわしなく動き回っていた。ミルクを瓶から容器に注ごうとしていたハーマイオニーが、突然叫び声を上げた。

「ロン！　し――信じられないわ――スキャバーズよ！」

ロンは口をポカンと開けてハーマイオニーを見た。

「何を言ってるんだい？」

ハーマイオニーがミルク入れをテーブルに持ってきてひっくり返した。キーキー大騒ぎしながら、ミルク入れの中に戻ろうともがいているネズミのスキャバーズが、テーブルの上にすべり落ちてきた。

「スキャバーズ！」ロンはあっけにとられた。

「スキャバーズ、こんなところで、いったい何してるんだ？」

じたばたするスキャバーズをロンはわしづかみにし、明かりにかざした。スキャバーズはぼろぼろだった。前よりやせこけ、毛がばっさり抜けてあちらこちらが大きくはげている。しかもロンの手の中で、必死に逃げようとするかのように身をよじっている。

「大丈夫だってば、スキャバーズ！　猫はいないよ！　ここにはおまえを傷つけるものは何にもないんだから！」

ハグリッドが急に立ち上がった。目は窓にくぎづけになり、いつもの赤ら顔が羊皮紙色になっていた。

「連中が来おった……」

ハリー、ロン、ハーマイオニーが振り向いた。遠くの城の階段を何人かが下りてくる。先頭はアルバス・ダンブルドアで、銀色のひげが沈みかけた太陽を映して輝いている。その隣をせかせか歩いているのはコーネリウス・ファッジだ。二人の後ろから、委員会のメンバーの一人、よぼよぼの大年寄りと、死刑執行人のマクネアがやってくる。

「おまえさんら、行かねばなんねえ」

ハグリッドは体の隅々まで震えていた。

「ここにいるとこを連中に見つかっちゃなんねえ……行け、はよう……」

ロンはスキャバーズをポケットに押し込み、ハーマイオニーは「マント」を取り上げた。

「裏口から出してやる」ハグリッドが言った。

ハグリッドについて、三人は裏庭に出た。ハリーはなんだか現実のこととは思えなかった。ほんの数メートル先、かぼちゃ畑の後ろにある木につながれているバックビークを見たとき、ますますほんとうのこととは思えなかった。バックビークは何かが起こっていると感じているらしい。猛々しい頭を左右に振り、不安げに地面をかいている。

「大丈夫だ、ビーキー」ハグリッドがやさしく言った。「大丈夫だぞ……」

三人を振り返り、「行け」とハグリッドが言った。「もう行け」

三人は動かなかった。

「ハグリッド、そんなことできないよ――」

「僕たち、ほんとうは何があったのか、あの連中に話すよ――」
「バックビークを殺すなんて、だめよ――」
「行け！」ハグリッドがきっぱりと言った。
「おまえさんたちが面倒なことになったら、ますます困る。そんでなくても最悪なんだ！」
しかたなかった。ハーマイオニーがハリーとロンに「マント」をかぶせたとき、小屋の前で人声がするのが聞こえた。ハグリッドは三人が消えたあたりを見た。
「急ぐんだ」ハグリッドの声がかすれた。「聞くんじゃねえぞ……」
誰かが戸をたたいている。同時にハグリッドが大股で小屋に戻っていった。
ゆっくりと、恐怖心魂が抜けたかのように、ハリー、ロン、ハーマイオニーは、押しだまってハグリッドの小屋を離れた。小屋の反対側に出たとき、表のドアがバタンと閉まるのが聞こえた。
「お願い、急いで」ハーマイオニーがささやいた。
「耐えられないわ、私、とっても……」
三人は城に向かう芝生を上りはじめた。太陽は沈む速度を速め、空はうっすらと紫を帯びた透明な灰色に変わっていた。しかし、西の空はルビーのように紅く燃えていた。
ロンはぴたっと立ち止まった。

「ロン、お願いよ」ハーマイオニーがせかした。
「スキャバーズが――こいつ、どうしても――じっとしてないんだ――」
ロンはスキャバーズをポケットに押し込もうと前かがみになったが、ネズミは大暴れで、狂ったようにキーキー鳴きながら、ジタバタと身をよじり、ロンの手にガブリとかみつこうとした。
「スキャバーズ、僕だよ。このバカヤロ、ロンだってば」ロンが声を殺して言った。
三人の背後でドアが開く音がして、人声が聞こえた。
「ねえ、ロン、お願いだから、行きましょう。いよいよやるんだわ！」
ハーマイオニーがヒソヒソ声で言った。
「ああ――スキャバーズ、じっとしてろったら――」
三人は前進した。ハリーは、ハーマイオニーと同じ気持ちで、背後の低く響く声を聞くまいと努力した。ロンがまた立ち止まった。
「こいつを押さえてられないんだ――スキャバーズ、だまれ、みんなに聞こえっちまうよ――」
ネズミはキーキーわめき散らしていたが、その声でさえハグリッドの庭から聞こえてくる音をかき消すことはできなかった。誰という区別もつかない男たちの声がまじり合い、ふと静かになり、そして、突如、シュッ、ドサッとまぎれもない斧の音。

ハーマイオニーがよろめいた。
「やってしまった！」ハリーに向かってハーマイオニーが小さな声で言った。
「し、信じられないわ――あの人たち、やってしまったんだわ！」

第17章　猫、ネズミ、犬

ハリーはショックで頭の中が真っ白になった。透明マントの中で、三人は恐怖に立ちすくんでいた。沈みゆく太陽の最後の光が、血のような明かりを投げかけ、地上に長い影を落としていた。三人の背後から、その時、荒々しくほえるような声が聞こえた。

「ハグリッドだ」ハリーがつぶやいた。我を忘れ、ハリーは引き返そうとした。が、ロンとハーマイオニーがハリーの両腕を押さえた。

「戻れないよ」ロンが蒼白な顔で言った。

「僕たちが会いにいったことが知れたら、ハグリッドの立場はもっと困ったことになる……」

ハーマイオニーの呼吸はハッハッと浅く乱れていた。

「どうして――あの人たち――こんなことができるの？」ハーマイオニーは声を詰まらせた。

「ほんとうにどうして――こんなことが――できるっていうの？」

「行こう」ロンは歯をガチガチ言わせていた。

三人は「マント」にちゃんと隠れるようにゆっくりと歩いて、また城へと向かった。急速に日が陰ってきた。広い校庭に出るころには、闇がとっぷりと呪文のように三人を覆った。

「スキャバーズ、じっとしてろ」

ロンが手で胸をぐっと押さえながら、低い声で言った。ネズミは狂ったようにもがいていた。ロンが突然立ち止まり、スキャバーズを無理やりポケットにもっと深く押し込もうとした。

「いったいどうしたんだ？　このバカネズミめ。じっとしてろ――**アイタッ！**　こいつかみやがった！」

「ロン、静かにして！」ハーマイオニーが緊迫した声でささやいた。

「ファッジが今にもここにやってくるわ――」

「こいつめ――なんでじっと――してないんだ――」

スキャバーズはひたすら怖がっていた。ありったけの力で身をよじり、握りしめているロンの手から何とか逃れようとしている。

「まったく、こいつ、いったいどうしたんだろう？」

しかし、まさにその時、ハリーは見た――地をはうように身を伏せてこちらに向かって忍び寄るものを。暗闇に無気味に光る大きな黄色い目――クルックシャンクスだ。三人の姿が見えるのか、それともスキャバーズのキーキー声を追ってくるのか、ハリーにはわからなかった。

「クルックシャンクス！」ハーマイオニーがうめいた。「だめ。クルックシャンクス、あっちに行きなさい！　行きなさいったら！」

しかし、猫はだんだん近づいてきた――。

「スキャバーズ――**だめだ！**」

遅かった――ネズミはしっかり握ったロンの指の間をすり抜け、地面にボトッと落ちて、遮二無二逃げ出した。クルックシャンクスがひとっ跳びしてそのあとを追いかけた。ハリーとハーマイオニーが止める間もなく、ロンは透明マントをかなぐり捨て、猛スピードで暗闇の中に消え去った。

「**ロン！**」ハーマイオニーがうめいた。

二人は顔を見合わせ、それから大急ぎで追いかけた。マントをかぶっていたのでは、全速力でかけるのは無理だった。二人はマントを脱ぎ捨て、後ろに旗のようになびかせながら、ロンを追って疾走した。前方にロンのかける足音が聞こえ、クルックシャンクスをどなりつける声が聞こえた。

「スキャバーズから離れろ――離れるんだ――スキャバーズ、こっちへおいで――」

ドサッと大きな音がした。

「捕まえた！　とっとと消えろ、いやな猫め――」

ハリーとハーマイオニーは危うくロンにつまずくところだった。ロンのぎりぎり手前で二人は急ブレーキをかけた。ロンは地面にべったり腹ばいになっていたが、スキャバーズはポケットに戻り、その震えるポケットのふくらみを、ロンが両手でしっかり押さえていた。

「ロン――早く――マントに入って――」ハーマイオニーがゼイゼイしながらうながした。

「ダンブルドア――大臣――みんなもうすぐ戻ってくるわ――」

しかし、三人が再びマントをかぶる前に、息を整える間もなく、何か巨大な動物が忍びやかに走る足音を聞いた。暗闇の中を、何かがこちらに向かって跳躍してくる――巨大な、薄灰色の目をした、真っ黒な犬だ。

ハリーは杖に手をかけた。しかし、遅かった――犬は大きくジャンプし、前足でハリーの胸を打った。ハリーはのけぞって倒れた。犬の毛が渦巻く中で、ハリーは熱い息を感じ、数センチもの長い牙が並んでいるのを見た――。

しかし、勢い余って、犬はハリーから転がり落ちた。ろっ骨が折れたかのように感じ、くらくらしながら、ハリーは立ち上がろうとした。新たな攻撃をかけようと、犬が急旋回してうなっているのが聞こえる。

ロンは立ち上がっていた。犬がまた三人に跳びかかってきたとき、ロンはハリーを横に押しやった。犬の両あごが、ハリーではなく、ロンの伸ばした腕をバクリとかんだ。ハリーは野獣につかみかかり、むんずと毛を握った。だが犬はまるでボロ人形でもくわえるように、やすやすとロンを引きずっていった。

突然、どこからともなく、何かがハリーの横っ面を張り、ハリーはまたしても倒れてしまった。ハーマイオニーが痛みで悲鳴を上げ、倒れる音が聞こえた。ハリーは目に流れ込む血を瞬きで払いのけて、杖をまさぐった——。

「ルーモス！　光よ！」ハリーは小声で唱えた。

杖灯りに照らし出されたのは、太い木の幹だった。スキャバーズを追って、暴れ柳の樹下に入り込んでいたのだ。まるで強風にあおられるかのように枝をきしませ、暴れ柳は二人をそれ以上近づけまいと、前に後ろにたたきつけている。

そして、そこに、その木の根元に、あの犬がいた。根元に大きく開いたすきまに、ロンを頭から引きずり込もうとしている——ロンは激しく抵抗していたが、頭が、そして胴がずるずると見えなくなりつつあった——。

「ロン！」ハリーは大声を出し、あとを追おうとしたが、太い枝が空を切ってあびせてくる殺人パンチをさけるのに、ハリーはまたあとずさりせざるをえなかった。

もうロンの片脚しか見えなくなった。それ以上地中に引き込まれまいと、ロンは脚をくの字に曲げて根元に引っかけ、食い止めていた。やがて、バシッとまるで銃声のような恐ろしい音が闇をつんざいた。ロンの脚が折れたのだ。次の瞬間、ロンの足が見えなくなった。

「ハリー――助けを呼ばなくちゃ――」

ハーマイオニーが叫んだ。血を流している。柳がハーマイオニーの肩を切っていた。

「ダメだ！　あいつはロンを食ってしまうほど大きいんだ。そんな時間はない――」

「誰か助けを呼ばないと、絶対あそこに入れないわ――」

大枝がまたしても二人になぐりかかった。小枝が握り拳のように硬く結ばれている。

「あの犬が入れるなら、僕たちにもできるはずだ」

ハリーはあちらこちらを跳び回り、息を切らしながら、凶暴な大枝をかいくぐる道を何とかして見つけようとしていた。しかし、ブローの届かない距離から一歩も根元に近づくことはできなかった。

「ああ、誰か、助けて」ハーマイオニーはその場でおろおろ走り回りながら、半狂乱でつぶやき続けた。「誰か、お願い……」

クルックシャンクスがサーッと前に出た。なぐりかかる大枝の間をまるで蛇のようにすり抜け、両前足を木の節の一つに乗せた。

突如、柳はまるで大理石になったように動きを止めた。木の葉一枚、そよともしない。

「クルックシャンクス！」ハーマイオニーはわけがわからず小声でつぶやいた。

「この子、どうしてわかったのかしら――？」

ハーマイオニーはハリーの腕を痛いほどきつく握っていた。

「あの犬と友達なんだ」ハリーは厳しい顔で言った。「僕、二匹が連れ立っているところを見たことがある。行こう――君も杖を出しておいて――」

木の幹までは一気に近づいたが、二人が根元のすきまにたどり着く前に、クルックシャンクスが瓶洗いブラシのようなしっぽを打ち振り、スルリと先にすべり込んだ。ハリーが続いた。頭から先にはって進み、狭い土のトンネルの傾斜を、ハリーは底まですべり降りた。クルックシャンクスが少し先を歩いている。ハリーの杖灯りに照らされ、目がらんらんと光っていた。すぐあとからハーマイオニーがすべり降りてきて、ハリーと並んだ。

「ロンはどこ？」ハーマイオニーがこわごわささやいた。

「こっちだ」ハリーはクルックシャンクスのあとを、背中を丸めてついていった。
「このトンネル、どこに続いているのかしら？」後ろからハーマイオニーが息を切らして聞いた。
「わからない……忍びの地図には書いてあるんだけど、フレッドとジョージはこの道は誰も通ったことがないって言ってた。この道の先は地図の端からはみ出してる。でもどうもホグズミードに続いてるみたいなんだ……」
二人はほとんど体を二つ折りにして急ぎに急いだ。クルックシャンクスのしっぽが見え隠れしている。通路はえんえんと続く。少なくともハニーデュークス店に続く通路と同じくらい長く感じられた。ハリーはロンのことしか頭になかった。あの巨大な犬はロンに何かしてはいないだろうか……背を丸めて走りながら、ハリーの息づかいは荒く、苦しくなっていた。
トンネルがそこから上り坂になった。やがて道がねじ曲がり、クルックシャンクスの姿が消えた。そのかわりに、小さな穴からもれるぼんやりした明かりがハリーの目に入った。
ハリーとハーマイオニーは、小休止して息を整えてから、じりじりと前進した。二人ともむこうにあるものを見ようと杖をかまえた。
部屋があった。雑然としたほこりっぽい部屋だ。壁紙ははがれかけ、床はしみだらけで、家具という家具は、誰かが打ち壊したかのように破損していた。窓には全部板が打ちつけてある。

ハリーはハーマイオニーをちらりと見た。恐怖にこわばりながらもハーマイオニーは、こくりとうなずいて同意した。

ハリーは穴をくぐり抜け、あたりを見回した。部屋には誰もいない。しかし、右側のドアが開きっぱなしになっていて、薄暗いホールに続いていた。突然、ハーマイオニーがまたしてもハリーの腕をきつく握った。目を見開き、ハーマイオニーは板の打ちつけられた窓をずうっと見回していた。

「ハリー、ここ、『叫びの屋敷』の中だわ」ハーマイオニーがささやいた。

ハリーもあたりを見回した。そばにあった木製の椅子に目がとまった。一部が大きくえぐれ、脚の一本が完全にもぎ取られていた。

「ゴーストがやったんじゃないな」少し考えてからハリーが言った。

その時、頭上で何かがきしむ音がした。何かが上の階で動いたのだ。二人は天井を見上げた。ハーマイオニーがハリーの腕をあまりにきつく握っているので、ハリーの指の感覚がなくなりかけていた。眉をちょっと上げてハーマイオニーに合図すると、ハーマイオニーはまたこくりとうなずいて腕を放した。

できるだけこっそりと、二人は隣のホールに忍び込み、崩れ落ちそうな階段を上った。どこもかしこも厚いほこりをかぶっていたが、床だけはちがった。何かが上階に引きずり上げられた跡が、幅広いしま模様になって光っていた。

二人は踊り場まで上がった。

「ノックス！　消えよ！」

二人が同時に唱え、二人の杖先の灯りが消えた。開いているドアが一つだけあった。二人がこっそり近づくと、ドアのむこうから物音が聞こえてきた。低いうめき声、それと、太い、大きなゴロゴロという声だ。二人はいよいよだと、三度目の目配せをし、三度目のこっくりをした。

杖をしっかり先頭に立て、ハリーはドアをバッとけり開けた。

ほこりっぽいカーテンのかかった壮大な四本柱の天蓋つきベッドに、クルックシャンクスが寝そべり、二人の姿を見ると大きくゴロゴロいった。その脇の床には、妙な角度に曲がった脚をつかんで、ロンが座っていた。

ハリーとハーマイオニーはロンにかけ寄った。

「ロン――大丈夫？」

「犬はどこ？」

「犬じゃない」ロンがうめいた。痛みで歯を食いしばっている。「ハリー、罠だ――」

「え――？」

「あいつが犬なんだ……あいつは『動物もどき』なんだ……」

ロンはハリーの肩越しに背後を見つめた。ハリーがくるりと振り向いた。影の中に立つ男が、二人の入ってきたドアをピシャリと閉めた。

汚れきった髪がもじゃもじゃとひじまで垂れている。暗い落ちくぼんだ眼窩の奥で目がギラギラしているのが見えなければ、まるで死体が立っているといってもいい。血の気のない皮膚が顔の骨にぴったりと張りつき、まるでどくろのようだ。ニヤリと笑うと黄色い歯がむき出しになった。シリウス・ブラックだ。

「エクスペリアームス！　武器よ去れ！」

ロンの杖を二人に向け、ブラックがしわがれた声で唱えた。

ハリーとハーマイオニーの杖が二人の手から飛び出し、高々と宙を飛んでブラックの手に収まった。ブラックが一歩近づいた。その目はハリーをしっかり見すえている。

「君なら友を助けにくると思った」

かすれた声だった。声の使い方を長いこと忘れていたかのような響きだった。

「君の父親も私のためにそうしたにちがいない。君は勇敢だ。先生の助けを求めなかった。ありがたい……そのほうがずっと、事は楽だ……」
父親についての嘲るような言葉が、ハリーの耳にはブラックがまるで大声で叫んだかのように鳴り響いた。ハリーの胸は憎しみで煮えくり返り、恐れのかけらが入り込む余地もなかった。杖を取り戻したかった。生まれて初めてハリーは、身を護るためにではなく、攻撃のために杖が欲しかった……殺すために欲しかった。我を忘れ、ハリーは身を乗り出した。すると、突然ハリーの両脇で何かが動き、二組の手がハリーをつかんで引き戻した。
「ハリー、だめ！」
ハーマイオニーは凍りついたようなか細い声で言った。しかし、ロンはブラックに向かって言い放った。
「ハリーを殺したいのなら、僕たちも殺せ！」
立ち上がろうとしてますます血の気を失い、わずかによろめきながら、ロンは激しい口調で言った。
ブラックの影のような目に、何かがキラリと光った。
「座っていろ」ブラックが静かにロンに言った。「脚のけがが、よけいひどくなるぞ」
「聞こえたのか？」

ロンは弱々しく言った。それでもロンは、痛々しい姿でハリーの肩にすがり、まっすぐ立っていようとした。

「僕たち三人を殺さなきゃならないんだぞ！」

「今夜はただ一人を殺す」ブラックのニヤリ笑いがますます広がった。

「なぜ？」

ロンとハーマイオニーの手を振りほどこうとしながら、ハリーが吐きすてるように聞いた。

「以前には、そんなことを気にしなかっただろう？　ペティグリュー一人を殺るために、たくさんのマグルを無残に殺したんだろう？　……どうしたんだ。アズカバンで骨抜きになったのか？」

「ハリー！」ハーマイオニーが哀願するように言った。「だまって！」

「こいつが僕の父さんと母さんを殺したんだ！」

ハリーは大声を上げた。そして渾身の力で二人の手を振りほどき、ブラックめがけて跳びかかった――。

魔法を忘れはて、自分がやせて背の低い十三歳であることも忘れはて、相手のブラックが背の高い大人の男であることも忘れはてていた。できるだけひどくブラックを傷つけてやりたい、その思い一筋だった。返り討ちで自分がどんなに傷ついてもいい……。

ハリーがそんな愚かな行為に出たのがショックだったのか、ブラックは杖を上げ遅れた。ハリーは片手で、やせこけたブラックの手首をつかみ、ひねって杖先をそらせ、もう一方の手の拳でブラックの横顔をなぐりつけた。二人は仰向けに倒れ、壁にぶつかった――。

ハーマイオニーが悲鳴を上げ、ロンはわめいていた。ブラックの持っていた三本の杖から火花が噴射し、危うくハリーの顔をそれたが、目もくらむような閃光が走った。ハリーは、ブラックのしなびた腕が激しくもがくのを指に感じたが、むしゃぶりついて放さなかった。もう一方の手で、ブラックの体のどこそこかまわず、手当たりしだいなぐり続けた。

しかし、ブラックは自由なほうの手でハリーののどをとらえた。

「いいや」ブラックが食いしばった歯の間から言った。「これ以上待てない――」

指がしめつけてきた。ハリーは息が詰まり、めがねがずり落ちかけた。

突然、ハーマイオニーの脚がブラックをけるのが見えた。ブラックは痛さにうめきながらハリーを放した。ロンがブラックの杖を持った腕に体当たりし、カタカタというかすかな音がハリーの耳に入った――。

もつれ合いをやっと振りほどいてハリーが立ち上がると、自分の杖が床に転がっているのが見えた。ハリーは杖に飛びついた。しかし――。

「うわーっ！」

クルックシャンクスが乱闘に加わった。前足二本の爪が全部、ハリーの腕に深々と食い込んだ。ハリーが払いのけるすきに、クルックシャンクスがすばやくハリーの杖に飛びついた。

「取るな！」

ハリーは大声を出し、クルックシャンクスめがけてけりを入れた。猫はシャーッと鳴いて脇に跳びのいた。ハリーは杖を引っつかみ、振り向いた――。

「どいてくれ！」ハリーはロンとハーマイオニーに向かって叫んだ。

それが潮時だった。ハーマイオニーは唇から血を流し、息も絶え絶えに、自分の杖とロンの杖を引ったくり、急いで脇へよけた。ロンは天蓋つきベッドにはっていき、ばったり倒れて息をはずませていた。蒼白だった顔がさらに青ざめ、折れた脚を両手でしっかり押さえている。

ブラックは壁の下で伸びていた。やせた胸を激しく波打たせ、ハリーが杖をまっすぐにブラックの心臓に向けたまま、ゆっくりと近づくのを見ていた。

「ハリー、私を殺すのか？」ブラックがつぶやいた。

ハリーはブラックに馬乗りになるような位置で止まった。杖をブラックの胸に向けたまま、ハリーはブラックを見下ろした。ブラックの左目の周りが黒くあざになり、鼻血を流している。

「おまえは僕の両親を殺した」ハリーの声は少し震えていたが、杖腕は微動だにしなかった。
ブラックは落ちくぼんだ目でハリーをじっと見上げた。
「否定はしない」ブラックは静かに言った。「しかし、君がすべてを知ったら――」
「すべて？」怒りで耳の中がガンガン鳴っていた。「おまえは僕の両親をヴォルデモートに売った。それだけ知ればたくさんだ！」
「聞いてくれ」ブラックの声には緊迫したものがあった。「聞かないと、君は後悔する……君はわかっていないんだ……」
「おまえが思っているより、僕はたくさん知っているんだ」ハリーの声がますます震えた。「おまえはあの声を聞いたことがないだろう、え？　僕の母さんが……ヴォルデモートが僕を殺すのを止めようとして……おまえがやったんだ……おまえが……」
どちらも次の言葉を言わないうちに、何かオレンジ色のものがハリーのそばをサッと通り抜けた。クルックシャンクスがジャンプしてブラックの胸の上に陣取ったのだ。ブラックの心臓の真上だ。ブラックは目を瞬いて猫を見下ろした。
「どけ」ブラックはそうつぶやくと、クルックシャンクスを払いのけようとした。
しかし、クルックシャンクスはブラックのローブに爪を立て、てこでも動かない。つぶれたような醜い顔をハリーに向け、クルックシャンクスは大きな黄色い目でハリーを見上げた。その右で、ハーマイオニーが涙を流さずにしゃくり上げた。

ハリーはブラックとクルックシャンクスを見下ろし、杖をますます固く握りしめた。猫も殺さなければならないとしたら？　だから、どうだっていうんだ。猫はブラックとグルだった……ブラックを護って死ぬ覚悟なら、勝手にすればいい……ブラックが猫を救いたいとでも言うなら、それはハリーの両親よりクルックシャンクスのほうが大切だと思っている証拠ではないか……。

ハリーは杖をかまえた。やるなら今だ。今こそ父さん母さんの敵をとる時だ。ブラックを殺してやる。ブラックを殺さねば。今がチャンスだ……。

何秒かがのろのろと過ぎた。そして、ハリーはまだ杖をかまえたまま、凍りついたようにその場に立ちつくしていた。ブラックはハリーをじっと見つめ、クルックシャンクスはその胸に乗ったままだった。ロンのあえぐような息づかいがベッドのあたりから聞こえてくる。ハーマイオニーはしんとしたままだ。

その時、新しい物音が聞こえてきた――。

床にこだまする、くぐもった足音だ――誰かが階下で動いている。

「ここよ！」ハーマイオニーが急に叫んだ。

「私たち、上にいるわ――シリウス・ブラックよ――早く！」

ブラックは驚いて身動きし、クルックシャンクスは振り落とされそうになった。ハリーは発作的に杖を握りしめた――やるんだ、今！　頭の中で声がした――足音がバタバタと上がってくる。しかし、ハリーはまだ行動に出なかった。

赤い火花が飛び散り、ドアが勢いよく開いた。ハリーが振り向くと、蒼白な顔で杖をかまえ、ルーピン先生が飛び込んでくるところだった。ルーピン先生の目が、床に横たわるロンをとらえ、ドアのそばですくみ上がっているハーマイオニーに移り、杖でブラックをとらえて突っ立っているハリーを見、それからハリーの足もとで血を流して伸びている、ブラックその人へと移った。

「エクスペリアームス！　武器よ去れ！」ルーピンが叫んだ。

ハリーの杖がまたしても手を離れて飛び、ハーマイオニーが持っていた二本の杖も飛んだ。ルーピンは三本とも器用に捕まえ、ブラックを見すえたまま部屋の中に入ってきた。クルックシャンクスはブラックを護るように胸の上に横たわったままだった。

ハリーは急にうつろな気持ちになって立ちすくんだ――とうとうやらなかった。弱気になったんだ。ブラックは吸魂鬼に引き渡される。

ルーピンが口を開いた。何か感情を押し殺して震えているような、緊張した声だった。

「シリウス、あいつはどこだ？」
ハリーは一瞬ルーピンを見た。何を言っているのか、理解できなかった。誰のことを話しているのだろう？　ハリーはまたブラックのほうを見た。
ブラックは無表情だった。数秒間、ブラックはまったく動かなかった。それから、ゆっくりと手を上げたが、その手はまっすぐにロンを指していた。いったい何だろうといぶかりながら、ハリーはロンをちらりと見た。ロンも当惑しているようだ。
「しかし、それなら……」
ルーピンはブラックの心を読もうとするかのように、じっと見つめながらつぶやいた。
「……なぜ今まで正体を現さなかったんだ？　もしかしたら――」
ルーピンは急に目を見開いた。まるでブラックを通り越して何かを見ているような、ほかの誰にも見えないものを見ているような目だ。
「――もしかしたら、あいつがそうだったのか……もしかしたら、君はあいつと入れかわりになったのか……私に何も言わずに？」
落ちくぼんだまなざしでルーピンを見つめ続けながら、ブラックがゆっくりとうなずいた。
「ルーピン先生」ハリーが大声で割って入った。「いったい何が――？」

ハリーの問いがとぎれた。目の前で起こったことが、ハリーの声をのど元で押し殺してしまったからだ。ルーピンがかまえた杖を下ろした。次の瞬間、ルーピンはブラックのほうに歩いていき、手を取って助け起こした——クルックシャンクスが床に転がり落ちた——そして、兄弟のようにブラックを抱きしめたのだ。

ハリーは胃袋の底が抜けたような気がした。

「何てことなの！」ハーマイオニーが叫んだ。

ルーピンはブラックを離し、ハーマイオニーのほうを見た。ハーマイオニーは床から腰を上げ、目をらんらんと光らせ、ルーピンを指差した。

「先生は——先生は——」

「ハーマイオニー——」

「——その人とグルなんだわ！」

「ハーマイオニー、落ち着きなさい——」

「私、誰にも言わなかったのに！」ハーマイオニーが叫んだ。

「先生のために、私、隠していたのに——」

「ハーマイオニー、話を聞いてくれ。頼むから！」ルーピンも叫んだ。「説明するから——」

ハリーはまた震えだしたのを感じた。恐怖からではなく、新たな怒りからだった。

「僕は先生を信じてた」抑えきれずに、声を震わせ、ハリーはルーピンに向かって叫んだ。

「それなのに、先生はずっとブラックの友達だったんだ！」

「それはちがう」ルーピンが言った。「この十二年間、私はシリウスの友ではなかった。しかし、今はそうだ……。説明させてくれ……」

「だめよ！」ハーマイオニーが叫んだ。「ハリー、だまされないで。この人はブラックが城に入る手引きをしてたのよ。この人もあなたの死を願ってるんだわ――この人、**狼人間なのよ！**」

痛いような沈黙が流れた。今やすべての目がルーピンに集まっていた。ルーピンは青ざめてはいたが、驚くほど落ち着いていた。

「いつもの君らしくないね、ハーマイオニー。残念ながら、三問中一問しか合ってない。私はシリウスが城に入る手引きはしていないし、もちろんハリーの死を願ってなんかいない……」

ルーピンの顔に奇妙な震えが走った。

「しかし、私が狼人間であることは否定しない」

ロンは雄々しくも立とうとしたが、痛みに小さく悲鳴を上げてまた座り込んだ。心配そうにロンのほうに近寄ろうとするルーピンに、ロンがあえぎながら言った。

「僕に近寄るな、狼男め！」
ルーピンははたと足を止めた。それから、ぐっとこらえて立ち直り、ハーマイオニーに向かって話しかけた。
「いつごろから気づいていたのかね？」
「ずーっと前から」ハーマイオニーがささやくように言った。「スネイプ先生のレポートを書いたときから……」
「スネイプ先生がお喜びだろう」ルーピンは落ち着いていた。
「スネイプ先生は、私の症状が何を意味するのか、誰か気づいてほしいと思って、あの宿題を出したんだ。月の満ち欠け図を見て、私の病気が満月と一致することに気づいたんだね？　それともまね妖怪が私の前で月に変身するのを見て気づいたのかね？」
「両方よ」ハーマイオニーが小さな声で言った。
ルーピンは無理に笑って見せた。
「ハーマイオニー、君は、私が今までに出会った、君と同年齢の魔女の、誰よりも賢いね」
「ちがうわ」
ハーマイオニーが小声で言った。

「私がもう少し賢かったら、みんなにあなたのことを話してたわ！」
「しかし、もう、みんな知ってることだ」ルーピンが言った。「少なくとも先生方は知っている」
「ダンブルドアは、狼人間と知っていてやとったって言うのか？」ロンが息をのんだ。「正気かよ？」
「先生の中にもそういう意見があった」ルーピンが続けた。「ダンブルドアは、私が信用できると、何人かの先生を説得するのにずいぶんご苦労なさった」
「そして、ダンブルドアはまちがってたんだ！」
ハリーが叫んだ。
「先生はずっとこいつの手引きをしてたんだ！」
ハリーはブラックを指差していた。ブラックは天蓋つきベッドのほうに歩いていき、震える片手で顔を覆いながらベッドに身をうずめた。クルックシャンクスがベッドに飛び上がって、ブラックのかたわらに寄り、ひざにのってのどを鳴らした。ロンは足を引きずりながら、その両方からじりじりと離れた。
「私はシリウスの手引きは**していない**」ルーピンが言った。「わけを話させてくれれば、説明するよ。ほら――」

ルーピンは三本の杖を一本ずつ、ハリー、ロン、ハーマイオニーのそれぞれに放り投げ、持ち主に返した。ハリーは、あっけにとられて自分の杖を受け取った。

「ほうら」ルーピンは自分の杖をベルトに挟み込んだ。

「君たちには武器がある。私たちは丸腰だ。聞いてくれるかい？」

ハリーはどう考えていいやらわからなかった。罠だろうか？

「ブラックの手助けをしていなかったっていうなら、こいつがここにいるって、どうしてわかったんだ？」

ブラックのほうに激しい怒りのまなざしを向けながら、ハリーが言った。

「地図だよ」ルーピンが答えた。『忍びの地図』だ。私の部屋で地図を調べていたんだ――」

「使い方を知ってるの？」ハリーが疑わしげに聞いた。

「もちろん、使い方は知っているよ」ルーピンは先を急ぐように手を振った。「私もこれを書いた一人だ。私はムーニーだよ――学生時代、友人は私をそういう名で呼んだ」

「先生が、書いた――？」

「そんなことより、私は今日の夕方、地図をしっかり見張っていたんだ。というのも、君と、ロン、ハーマイオニーが城をこっそり抜け出して、ヒッポグリフの処刑の前に、ハグリッドを訪ねるのではないかと思ったからだ。思ったとおりだった。そうだね？」
ルーピンは三人を見ながら、部屋を往ったり来たりしはじめた。その足元でほこりが小さな塊になって舞った。
「君はお父さんの『透明マント』を着ていたかもしれないね、ハリー――」
「どうしてマントのことを？」
「ジェームズがマントに隠れるのを何度見たことか……」ルーピンはまた先を急ぐように手を振った。「要するに、透明マントを着ていても、忍びの地図に現れるということだよ。私は君たちが校庭を横切り、ハグリッドの小屋に入るのを見ていた。二十分後、君はハグリッドのところを離れ、城に戻りはじめた。しかし、今度は君たちのほかに誰かが一緒だった」
「え？」ハリーが言った。「いや、僕たちだけだった！」
「私は目を疑ったよ」ルーピンはハリーの言葉を無視して、往ったり来たりを続けていた。
「地図がおかしくなったかと思った。あいつがどうして君たちと一緒なんだ？」
「誰も一緒じゃなかった！」ハリーが言った。
「すると、もう一つの点が見えた。急速に君たちに近づいている。シリウス・ブラックと書いてあった……ブラックが君たちにぶつかるのが見えた。君たちの中から二人を暴れ柳に引きずり込むのを見た――」
「一人だろ！」ロンが怒ったように言った。
「ロン、ちがうね」ルーピンが言った。「二人だ」
ルーピンは歩くのをやめ、ロンを眺め回した。
「ネズミを見せてくれないか？」ルーピンは感情を抑えた言い方をした。
「何だよ？　スキャバーズに何の関係があるんだい？」
「大ありだ」ルーピンが言った。「頼む。見せてくれないか？」
ロンはためらったが、ローブに手を突っ込んだ。スキャバーズが必死にもがきながら現れた。逃げようとするのを、ロンはその裸のしっぽをつかまえて止めた。クルックシャンクスがブラックのひざの上で立ち上がり、低くうなった。
ルーピンがロンに近づいた。じっとスキャバーズを見つめながら、ルーピンは息を殺しているようだった。
「何だよ？」ロンはスキャバーズを抱きしめ、おびえながら同じことを聞いた。
「僕のネズミがいったい何の関係があるって言うんだ？」
「それはネズミじゃない」突然シリウス・ブラックのしわがれ声がした。

「どういうこと――こいつはもちろんネズミだよ――」
「いや、ネズミじゃない」ルーピンが静かに言った。「こいつは魔法使いだ」
「『動物もどき』だ」ブラックが言った。
「名前はピーター・ペティグリュー」

第18章　ムーニー、ワームテール、パッドフット、プロングズ

突拍子もない言葉をのみ込むまでに、数秒かかった。

しばらくして、ロンが、ハリーの思っていたと同じことを口にした。

「二人ともどうかしてる」

「ばかばかしいわ！」ハーマイオニーもヒソッと言った。

「ピーター・ペティグリューは死んだんだ！」ハリーが言った。「こいつが十二年前に殺した！」

ハリーはブラックを指差していた。ブラックの顔がピクリとけいれんした。

「殺そうと思った」ブラックが黄色い歯をむき出してうなった。

「だが、こざかしいピーターめにしてやられた……今度はそうはさせない！」

ブラックがスキャバーズに襲いかかり、その勢いで、クルックシャンクスは床に投げ出された。折れた脚にブラックの重みがのしかかって、ロンは痛さに叫び声を上げた。

「シリウス、よせ！」ルーピンが飛びついて、ブラックをロンから引き離しながら叫んだ。

「待ってくれ！　そういうやり方をしてはだめだ――みんなにわかってもらわねば――説明しなければいけない――」

「あとで説明すればいい！」

ブラックはうなりながらルーピンを振り払おうとした。片手はスキャバーズをとらえようと空をかき続けている。スキャバーズは子豚のようにビイビイ鳴きながら、ロンの顔や首を引っかいて逃げようと必死だった。

「みんな――すべてを――知る――権利が――あるんだ！」

ルーピンはブラックを押さえようとして息を切らしながら言った。

「ロンはあいつをペットにしていたんだ！　私にもまだわかってない部分がある！　それにハリーだ。――シリウス、君はハリーに真実を話す義務がある！」

ブラックはあがくのをやめた。しかし、その落ちくぼんだ目だけはまだスキャバーズを見すえたままだった。ロンの手は、かみつかれ引っかかれて血が出ていたが、スキャバーズをしっかり握りしめていた。

「いいだろう。それなら」ブラックはネズミから目を離さずに言った。「君がみんなに、何とでも話してくれ。ただ、急げよ、リーマス。私を監獄に送り込んだ原因の殺人を、今こそ実行したい……」
「正気じゃないよ。二人とも」
ロンは声を震わせ、ハリーとハーマイオニーに同意を求めるように振り返った。
「もうたくさんだ。僕は行くよ」
ロンは折れていないほうの脚で何とか立ち上がろうとした。しかし、ルーピンが再び杖をかまえ、スキャバーズを指した。
「ロン、最後まで私の話を聞きなさい」ルーピンが静かに言った。「ただ、聞いている間、ピーターをしっかり捕まえておいてくれ」
「**ピーターなんかじゃない。こいつはスキャバーズだ！**」
叫びながら、ロンはネズミを胸ポケットに無理やり押し戻そうとした。しかし、スキャバーズは大暴れで逆らった。ロンはよろめき、倒れそうになった。ハリーがロンを支え、ベッドに押し戻した。それから、ハリーはブラックを無視して、ルーピンに向かって言った。
「ペティグリューが死んだのを見届けた証人がいるんだ。通りにいた人たちが大勢……」
「見てはいない。見たと思っただけだ」
ロンの手の中でジタバタしているスキャバーズから目を離さず、ブラックが荒々しく言った。

「シリウスがピーターを殺したと、誰もがそう思った」ルーピンがうなずいた。
「私自身もそう信じていた――今夜地図を見るまではね。忍びの地図はけっしてうそはつかないから……ピーターは生きている。ロンがあいつを握っているんだよ、ハリー」
ハリーはロンを見下ろした。二人の目が合い、無言で二人とも同じことを考えた――ブラックとルーピンはどうかしている。言っていることはまったくナンセンスだ。スキャバーズがピーターであるはずがないだろう？　やっぱり、ブラックはアズカバンでおかしくなったんだ――しかし、なぜルーピンはブラックと調子を合わせてるんだろう？
ハーマイオニーが、震えながら冷静を保とうと努力し、ルーピン先生にまともに話してほしいと願うかのように話した。
「でもルーピン先生……スキャバーズがペティグリューのはずがありません。……そんなこと、あるはずないんです。先生はそのことをご存じのはずです……」
「どうしてかね？」
ルーピンは静かに言った。まるで授業中に、ハーマイオニーが水魔の実験の問題点を指摘したかのような言い方だった。
「だって……だって、もしピーター・ペティグリューが『動物もどき』なら、みんなそのことを知っているはずです。マクゴナガル先生の授業で『動物もどき』の勉強をしました。その宿題で、私、『動物もどき』を全部調べたんです。――魔法省が動物に変身できる魔法使いや魔女を記録していて、何に変身するかとか、その特徴などを書いた登録簿があります――私、登録簿で、マクゴナガル先生がのっているのを見つけました。それに、今世紀にはたった七人しか『動物もどき』がいないんです。ペティグリューの名前はリストにのっていませんでした――」

ハーマイオニーはこんなに真剣に宿題に取り組んでいたのだ、とハリーは内心舌を巻いたが、驚いている間もなく、ルーピン先生が笑いだした。

「またしても正解だ、ハーマイオニー。でも、魔法省は、未登録の『動物もどき』が三匹、ホグワーツを徘徊していたことを知らなかったのだ」

「その話をみんなに聞かせるつもりなら、リーマス、さっさとすませてくれ」

必死にもがくスキャバーズの動きをじっと監視し続けながら、ブラックがうなった。

「私は十二年も待った。もう、そう長くは待てない」

「わかった……だが、シリウス、君にも助けてもらわないと。私はそもそもの始まりのことしか知らない……」

ルーピンの言葉がとぎれた。背後で大きくきしむ音がしたのだ。ベッドルームのドアがひとりでに開いた。五人がいっせいにドアを見つめた。そしてルーピンが足早にドアのほうに進み、階段の踊り場を見た。

「誰もいない……」

「ここは呪われてるんだ！」ロンが言った。

「そうではない」不審そうにドアに目を向けたままで、ルーピンが言った。

『叫びの屋敷』はけっして呪われてはいなかった……村人がかつて聞いたという叫びやほえ声は、私の出した声だ」

ルーピンは目にかかる白髪のまじりはじめた髪をかき上げ、一瞬思いにふけり、それから話しだした。

「話はすべてそこから始まる――私が人狼になったことから。私がかまれたりしなければ、こんなことはいっさい起こらなかっただろう……そして、私があんなにも向こう見ずでなかったなら……」

ルーピンはまじめに、つかれた様子で話した。ロンが口を挟もうとしたが、ハーマイオニーが「シーッ」と言った。ハーマイオニーは真剣にルーピンを見つめていた。

「かまれたのは私がまだ小さいころだった。両親は手を尽くしたが、あのころは治療法がなかった。スネイプ先生が私に調合してくれた魔法薬は、ごく最近発明されたばかりだ。あの薬で私は無害になる。わかるね。満月の夜の前の一週間、あれを飲みさえすれば、変身しても自分の心を保つことができる……。自分の部屋で丸まっているだけの、無害な狼でいられる。そして再び月が欠けはじめるのを待つ」

「トリカブト系の脱狼薬が開発されるまでは、私は月に一度、完全に成熟した怪物に成りはてた。ホグワーツに入学するのは不可能だと思われた。ほかの親にしてみれば、自分の子供を、私のような危険なものにさらしたくないはずだ」

「しかし、ダンブルドアが校長になり、私に同情してくださった。きちんと予防措置を取りさえすれば、私が学校に来てはいけない理由などないと、ダンブルドアはおっしゃった……」

ルーピンはため息をついた。そしてまっすぐにハリーを見た。

「何か月も前に、君に言ったと思うが、『暴れ柳』は私がホグワーツに入学した年に植えられた。ほんとうを言うと、私がホグワーツに入学したから植えられたのだ。この屋敷は――」

ルーピンはやるせない表情で部屋を見回した。

「――ここに続くトンネルは――私が使うために造られた。一か月に一度、私は城からこっそり連れ出され、変身するためにここに連れてこられた。私が危険な状態にある間は、誰も私に出会わないようにと、あの木がトンネルの入口に植えられた」

ハリーはこの話がどういう結末になるのか、見当がつかなかった。にもかかわらず、ハリーは話にのめり込んでいた。ルーピンの声のほかに聞こえるものといえば、スキャバーズが怖がってキーキー鳴く声だけだった。

「そのころの私の変身ぶりといったら――それは恐ろしいものだった。狼人間になるのはとても苦痛に満ちたことだ。かむべき対象の人間から引き離され、かわりに私は自分をかみ、引っかいた。村人はその騒ぎや叫びを聞いて、とてつもなく荒々しい霊の声だと思った。ダンブルドアはむしろうわさをあおった……今でも、この屋敷が静かになってもう何年もたつのに、村人は近づこうともしない……」

「しかし、変身することだけを除けば、人生であんなに幸せだった時期はない。生まれて初めて友人ができた。三人のすばらしい友が。シリウス・ブラック……ピーター・ペティグリュー……それから、言うまでもなく、ハリー、君のお父さんだ――ジェームズ・ポッター」

「さて、三人の友人が、私が月に一度姿を消すことに気づかないはずはない。私はいろいろ言い訳を考えた。母親が病気で、見舞いに家に帰らなければならなかったとか……私の正体を知ったら、とたんに私を見捨てるのではないかと、それが怖かったんだ。しかし、三人は、ハーマイオニー、君と同じように、ほんとうのことを悟ってしまった……」

「それでも三人は私を見捨てはしなかった。それどころか、私のためにあることをしてくれた。おかげで私にとって変身はつらくないものになったばかりでなく、生涯で最高の時になった。三人とも『動物もどき』になってくれたんだ」

「僕の父さんも？」ハリーは驚いて聞いた。

「ああ、そうだとも」ルーピンが答えた。「どうやればなれるのか、三人はほぼ三年の時間を費やして、やっとやり方を知った。君のお父さんもシリウスも、学校一の賢い学生だった。それが幸いした。何しろ、『動物もどき』変身はまかりまちがうと、とんでもないことになる。魔法省がこの種の変身をしようとする者を厳しく見張っているのもそのせいなんだ。ピーターだけはジェームズやシリウスにさんざん手伝ってもらわなければならなかった。五年生になって、やっと、三人はやりとげた。それぞれが、意のままに特定の動物に変身できるようになった」

「でも、それがどうしてあなたを救うことになったの？」

ハーマイオニーが不思議そうに聞いた。

「人間だと私と一緒にいられない。だから動物として私につき合ってくれた。狼人間は人間にとって危険なだけだからね。三人はジェームズの透明マントに隠れて、毎月一度、こっそり城を抜け出した。そして、変身した……。ピーターは一番小さかったので、暴れ柳の枝攻撃をかいくぐり、下にすべり込んで、木を硬直させる節にさわった。それから三人でそっとトンネルを降り、私と一緒になった。友達の影響で、私は以前ほど危険ではなくなった。体はまだ狼のようだったが、三人と一緒にいる間、私の心は以前ほど狼ではなくなった」

「リーマス、早くしてくれ」

殺気立ったすさまじい形相でスキャバーズをねめつけながら、ブラックがうなった。

「もうすぐだよ、シリウス。もうすぐ終わる……そう、全員が変身できるようになったので、わくわくするような可能性が開けた。ほどなく私たちは夜になると『叫びの屋敷』から抜け出し、校庭や村を歩き回るようになった。シリウスとジェームズは大型の動物に変身していたので、狼人間を抑制できた。ホグワーツで、私たちほど校庭やホグズミードの隅々までくわしく知っていた学生はいないだろうね……。こうして、私たちが忍びの地図を作り上げ、それぞれのニックネームで地図にサインした。シリウスはパッドフット、ピーターはワームテール、ジェームズはプロングズ」

「どんな動物に――？」ハリーが質問しかけたが、それをさえぎって、ハーマイオニーが口を挟んだ。

「それでもまだとっても危険だわ！　暗い中を狼人間と走り回るなんて！　もし狼人間がみんなをうまくまいて、誰かにかみついたらどうなっていたか」

「それを思うと、今でもぞっとする」ルーピンの声は重苦しかった。

「あわや、ということがあった。何回もね。あとになってみんなで笑い話にしたものだ。若かったし、浅はかだった――自分たちの才能に酔っていたんだ」

「もちろん、ダンブルドアの信頼を裏切っているという罪悪感を、私は時折感じていた……。ほかの校長ならけっして許さなかっただろうに、ダンブルドアは私がホグワーツに入学することを許可した。私と周りの者の両方の安全のために、ダンブルドアが決めたルールを、私が破っているとは、夢にも思わなかっただろう。私のために、三人の学友を非合法の『動物もどき』にしてしまったことを、ダンブルドアは知らなかった。しかし、みんなで翌月の冒険を計画するたびに、私は都合よく罪の意識を忘れた。そして、私は今でもその時と変わっていない……」

ルーピンの顔がこわばり、声には自己嫌悪の響きがあった。

「この一年というもの、私は、シリウスが『動物もどき』だとダンブルドアに告げるべきかどうか迷い、心の中でためらう自分と闘ってきた。しかし、告げはしなかった。なぜかって？　それは、私が臆病者だからだ。告げれば、学生時代に、ダンブルドアの信頼を裏切っていたと認めることになり、私がほかの者を引き込んだと認めることになる……。ダンブルドアの信頼が私にとってはすべてだったのに。ダンブルドアは少年の私をホグワーツに入れてくださったし、大人になっても、すべての社会からしめ出され、正体が正体なので、まともな仕事にも就けない私に、職場を与えてくださった。だから私は、シリウスが学校に入り込むのに、ヴォルデモートから学んだ闇の魔術を使っているにちがいないと思いたかったし、『動物もどき』であることは、それとは何の関わりもないと自分に言い聞かせた……。だから、ある意味ではスネイプの言うことが正しかったわけだ」

「スネイプだって？」ブラックが鋭く聞いた。初めてスキャバーズから目を離し、ルーピンを見上げた。

「スネイプが、何の関係がある？」

「シリウス、スネイプがここにいるんだ」ルーピンが重苦しく言った。「あいつもここで教えているんだ」

ルーピンはハリー、ロン、ハーマイオニーを見た。

「スネイプ先生は私たちと同期なんだ。私が『闇の魔術の防衛術』の教職に就くことに、先生は強硬に反対した。ダンブルドアに、私は信用できないと、この一年間言い続けていた。スネイプにはスネイプなりの理由があった……。それはね、このシリウスが仕掛けたいたずらで、スネイプが危うく死にかけたんだ。そのいたずらには私も関わっていた――」

ブラックが嘲るような声を出した。

「当然の見せしめだったよ」ブラックがせせら笑った。「コソコソかぎ回って、我々のやろうとしていることを詮索して……。我々を退学に追い込みたかったんだ……」

「セブルスは、私が月に一度どこに行くのか、非常に興味を持った」

ルーピンはハリー、ロン、ハーマイオニーに向かって話し続けた。

「私たちは同学年だったんだ。それに――つまり――ウム――お互いに好きになれなくてね。セブルスは特にジェームズを嫌っていた。ねたみ、それだったと思う。クィディッチ競技のジェームズの才能をね……。とにかく、セブルスはある晩、私が校医のポンフリー先生と一緒に校庭を歩いているのを見つけた。ポンフリー先生は私の変身のために暴れ柳のほうに引率していくところだった。シリウスが――その――からかってやろうと思って、木の幹のこぶを長い棒でつつけば、あとをつけて穴に入ることができるよ、と教えてやった。そう、もちろん、スネイプは試してみた。――もし、スネイプがこの屋敷までつけてきていたら、完全に人狼になりきった私に出会っただろう――しかし、君のお父さんが、シリウスのやったことを聞くなり、自分の身の危険もかえりみず、スネイプのあとを追いかけて、引き戻したんだ。……しかし、スネイプは、トンネルのむこう端にいる私の姿をちらりと見てしまった。ダンブルドアが、けっして人に言ってはいけないと口止めした。だが、その時から、スネイプは私が何者なのかを知ってしまった……」

「だからスネイプはあなたが嫌いなんだ」ハリーは考えながら言った。

「スネイプはあなたもその悪ふざけに関わっていたと思ったわけですね？」

「そのとおり」ルーピンの背後の壁のあたりから、冷たい嘲るような声がした。

セブルス・スネイプが透明マントを脱ぎ捨て、杖をぴたりとルーピンに向けて立っていた。

第19章 ヴォルデモート卿の召使い

ハーマイオニーが悲鳴を上げた。ブラックはサッと立ち上がった。ハリーはまるで電気ショックを受けたように飛び上がった。

「暴れ柳の根元でこれを見つけましてね」

スネイプが、杖をまっすぐルーピンの胸に突きつけたまま、マントを脇に投げ捨てた。

「ポッター、なかなか役に立ったよ。感謝する……」

スネイプは少し息切れしてはいたが、勝利の喜びを抑えきれない顔だった。

「我輩がどうしてここを知ったのか、諸君は不思議に思っているだろうな？」

スネイプの目がギラリと光った。

「君の部屋に行ったよ、ルーピン。今夜、例の薬を飲むのを忘れたようだから、我輩がゴブレットに入れて持っていった。持っていったのは、まことに幸運だった……我輩にとってだがね。君の机に何やら地図があってね。一目見ただけで、我輩に必要なことはすべてわかった。君がこの通路を走っていき、姿を消すのを見たのだ」

「セブルス――」

ルーピンが何か言いかけたが、スネイプはかまわず続けた。

「我輩は校長にくり返し進言した。君が旧友のブラックを手引きして城に入れているとね。ルーピン、これがいい証拠だ。いけずうずうしくもこの古巣を隠れ家に使うとは、さすがの我輩も夢にも思いつきませんでしたよ――」

「セブルス、君は誤解している」ルーピンがせっぱ詰まったように言った。

「君は、話を全部聞いていないんだ――説明させてくれ――シリウスはハリーを殺しにきたのではない――」

「今夜、また二人、アズカバン行きが出る」

スネイプの目が今や狂気を帯びて光っていた。

「ダンブルドアがどう思うか、見物ですな……ダンブルドアは君が無害だと信じきっていた。わかるだろうね、ルーピン……**飼いならされた人狼さん……**」

「愚かな」ルーピンが静かに言った。「学生時代の恨みで、無実の者をまたアズカバンに送り返すというのかね？」

バーン！

スネイプの杖から細いひもが蛇のように噴き出て、ルーピンの口、手首、足首に巻きついた。ルーピンはバランスを崩し、床に倒れて、身動きできなくなった。怒りのうなり声を上げ、ブラックがスネイプを襲おうとした。しかし、スネイプはブラックの眉間にまっすぐ杖を突きつけた。

「やれるものならやるがいい」スネイプが低い声で言った。「我輩にきっかけさえくれれば、確実にしとめてやる」

ブラックはぴたりと立ち止まった。二人の顔に浮かんだ憎しみは、甲乙つけがたい激しさだった。

ハリーは金縛りにあったようにそこに突っ立っていた。誰を信じてよいかわからなかった。ロンとハーマイオニーをちらりと見た。ロンもハリーと同じくらいわけがわからない顔をして、じたばたもがくスキャバーズを押さえつけるのに奮闘していた。しかし、ハーマイオニーはスネイプのほうにおずおずと一歩踏み出し、こわごわ言った。

「スネイプ先生――あの――この人たちの言い分を聞いてあげても、害はないのでは、あ、ありませんか？」

「ミス・グレンジャー。君は停学処分を待つ身ですぞ」スネイプが吐き出すように言った。「君も、ポッターも、ウィーズリーも、許容されている境界線を越えた。しかもお尋ね者の殺人鬼や人狼と一緒とは。君も一生に一度ぐらい、**だまっていたまえ**」

「でも、もし――もし、誤解だったら――」

「**だまれ、このバカ娘！**」

スネイプが突然狂ったように、わめきたてた。

「**わかりもしないことに口を出すな！**」

ブラックの顔に突きつけたままのスネイプの杖先から、火花が数個パチパチと飛んだ。ハーマイオニーはだまりこくった。

「復讐は蜜より甘い」スネイプがささやくようにブラックに言った。「おまえを捕まえるのが我輩であったらと、どんなに願ったことか……」

「おあいにくだな」ブラックが憎々しげに言った。「しかしだ、この子がそのネズミを城まで連れていくなら――」ブラックはロンをあごで指した。「――それなら私はおとなしくついて行くがね……」

「城までかね？」スネイプがいやになめらかに言った。「そんなに遠くに行く必要はないだろう。

柳の木を出たらすぐに、我輩が吸魂鬼を呼べばそれですむ。連中は、ブラック、君を見てお喜びになることだろう……喜びのあまりキスをする。そんなところだろう……」

ブラックの顔にわずかに残っていた色さえ消え失せた。

「聞け――最後まで、私の言うことを聞け」

ブラックの声がかすれた。

「ネズミだ――ネズミを見るんだ――」

しかし、スネイプの目には、ハリーが今まで見たこともない狂気の光があった。もはや理性を失っている。

「来い、全員だ」

スネイプが指を鳴らすと、ルーピンを縛っていた縄目の端がスネイプの手元に飛んできた。

「我輩が人狼を引きずっていこう。吸魂鬼がこいつにもキスしてくれるかもしれん――」

ハリーは我を忘れ飛び出し、たった三歩で部屋を横切り、次の瞬間ドアの前に立ちふさがっていた。

「どけ、ポッター。おまえはもう充分規則を破っているんだぞ」スネイプがうなった。「我輩がここに来ておまえの命を救っていなかったら――」

「ルーピン先生が僕を殺す機会は、この一年に何百回もあったはずだ。僕は先生と二人きりで、何度も吸魂鬼防衛術の訓練を受けた。もし先生がブラックの手先だったら、そういう時に僕を殺してしまわなかったのはなぜなんだ？」

「人狼がどんな考え方をするか、我輩に推し量れとでも言うのか」

スネイプがすごんだ。

「どけ、ポッター」

「**恥を知れ！**」

ハリーが叫んだ。

「**学生のときからかわれたからというだけで、話も聞かないなんて――**」

「**だまれ！　我輩に向かってそんな口のきき方は許さん！**」

スネイプはますます狂気じみて叫んだ。

「蛙の子は蛙だな、ポッター！　我輩は今おまえのその首を助けてやったのだ。ひれ伏して感謝するがいい！　こいつに殺されれば、自業自得だったろうに！　おまえの父親と同じような死に方をしたろうに。ブラックのことで親も子も自分が判断を誤ったとは認めない高慢さよ――さあ、どくんだ。さもないと、**どかせてやる。どくんだ、ポッター！**」

ハリーは瞬時に意を決した。スネイプがハリーのほうに一歩も踏み出さないうちに、ハリーは杖をかまえた。

「エクスペリアームス！　武器よ去れ！」

ハリーが叫んだ――が、叫んだのはハリーだけではなかった。ドアの蝶番がガタガタ鳴るほどの衝撃が走り、スネイプは足もとから吹っ飛んで壁に激突し、ずるずると床にすべり落ちた。髪の下から血がたらたら流れてきた。ノックアウトされたのだ。

ハリーは振り返った。ロンとハーマイオニーも、ハリーとまったく同時にスネイプの武器を奪おうとしていたのだ。スネイプの杖は高々と舞い上がり、ベッドにいるクルックシャンクスの脇に落ちた。

「こんなこと、君がしてはいけなかった」ブラックがハリーを見ながら言った。「私に任せておくべきだった……」

ハリーはブラックの目をさけた。はたしてやってよかったのかどうか、ハリーにはいまだに自信がなかった。

「先生を攻撃してしまった……先生を攻撃して……」

ハーマイオニーはぐったりしているスネイプをおびえた目で見つめながら、泣きそうな声を出した。

「ああ、私たち、ものすごい規則破りになるわ――」

ルーピンが縄目を解こうともがいていた。ブラックがすばやくかがみ込み、解き放した。ルーピンは立ち上がり、ひもが食い込んでいた腕のあたりをさすった。

「ハリー、ありがとう」ルーピンが言った。

「僕、まだあなたを信じるとは言ってません」ハリーが反発した。

「それでは、君に証拠を見せる時が来たようだ」ブラックが言った。「君――ピーターを渡してくれ。さあ」

ロンはスキャバーズをますますしっかりと胸に抱きしめた。

「冗談はやめてくれ」ロンが弱々しく言った。「スキャバーズなんかに手を下すために、わざわざアズカバンを脱獄したって言うのかい？　つまり……」

ロンは助けを求めるようにハリーとハーマイオニーを見上げた。

「ねえ。ペティグリューがネズミに変身できたとしても――ネズミなんて何百万といるじゃないか――アズカバンに閉じ込められていたら、どのネズミが自分の探してるネズミかなんて、この人、どうやったらわかるって言うんだい？」

「そうだとも、シリウス。まともな疑問だよ」
ルーピンがブラックに向かってちょっと眉根を寄せた。
「あいつの居場所を、どうやって見つけ出したんだい？」
ブラックは骨が浮き出るような手を片方ローブに突っ込み、くしゃくしゃになった紙の切れはしを取り出した。しわを伸ばし、ブラックはそれを突き出してみんなに見せた。
一年前の夏、「日刊予言者新聞」にのったロンと家族の写真だった。そして、そこに、ロンの肩に、スキャバーズがいた。
「いったいどうしてこれを？」雷に打たれたような声でルーピンが聞いた。
「ファッジだ」ブラックが答えた。「去年、アズカバンの視察に来たとき、ファッジがくれた新聞だ。ピーターがそこにいた。一面に……この子の肩にのって……。私にはすぐわかった……こいつが変身するのを何回見たと思う？　それに、写真の説明には、この子がホグワーツに戻ると書いてあった。……ハリーのいるホグワーツへと……」
「何たることだ」
ルーピンがスキャバーズから新聞の写真へと目を移し、またスキャバーズのほうをじっと見つめながら静かに言った。

「こいつの前足だ……」
「それがどうしたっていうんだい？」ロンが食ってかかった。
「指が一本ない」ブラックが言った。
「まさに」
ルーピンがため息をついた。
「なんと単純明快なことだ……なんとこざかしい……。あいつは自分で切ったのか？」
「変身する直前にな」ブラックが言った。
「あいつを追いつめたとき、あいつは道行く人全員に聞こえるように叫んだ。私がジェームズとリリーを裏切ったんだと。それから、私がやつに呪いをかけるより先に、やつは隠し持った杖で道路を吹き飛ばし、自分の周り五、六メートル以内にいた人間をみな殺しにした――そしてすばやく、ネズミがたくさんいる下水道に逃げ込んだ……」
「ロン、聞いたことはないかい？」ルーピンが言った。「ピーターの残がいで一番大きなのが指だったって」
「だって、たぶん、スキャバーズはほかのネズミとけんかしたかなんかだよ！　こいつは何年も家族の中で〝お下がり〟だった。たしか――」

「十二年だね、たしか」
ルーピンが言った。
「どうしてそんなに長生きなのか、変だと思ったことはないのかい？」
「僕たち――僕たちが、ちゃんと世話してたんだ！」ロンが答えた。
「今はあんまり元気じゃないようだね。どうだね？」ルーピンが続けた。「私の想像だが、シリウスが脱獄して逃亡中だと聞いて以来、やせおとろえてきたのだろう……」
「こいつは、その狂った猫が怖いんだ！」
ロンは、ベッドでゴロゴロのどを鳴らしているクルックシャンクスをあごで指した。
それはちがう、とハリーは急に思い出した……スキャバーズはクルックシャンクスに出会う前から弱っているようだった……ロンがエジプトから帰って以来ずっとだ……ブラックが脱獄して以来ずっとだ……。
「この猫は狂ってはいない」
ブラックのかすれ声がした。骨と皮ばかりになった手を伸ばし、ブラックはクルックシャンクスのふわふわした頭をなでた。
「私の出会った猫の中で、こんなに賢い猫はまたといない。ピーターを見るなり、すぐ正体を見抜いた。私に出会ったときも、私が犬でないことを見破った。私を信用するまでにしばらくかかった。ようやっと私のねらいをこの猫に伝えることができて、それ以来私を助けてくれた……」

「それ、どういうこと？」ハーマイオニーが息をひそめた。

「ピーターを私のところに連れてこようとした。しかし、できなかった……そこで私のためにグリフィンドール塔への合言葉を盗み出してくれた……誰か男の子のベッド脇の小机から持ってきたらしい……」

ハリーは話を聞きながら、混乱して頭が重く感じられた。そんなバカな……でも、やっぱり……。

「しかし、ピーターは事のなりゆきを察知して、逃げ出した……。この猫は――クルックシャンクスという名だね？――ピーターがベッドのシーツに血の痕を残していったと教えてくれた。……たぶん自分で自分をかんだのだろう……そう、死んだと見せかけるのは、前にも一度うまくやったのだし……」

この言葉でハリーはハッと我に返った。

「それじゃ、なぜピーターは自分が死んだと見せかけたんだ？」

ハリーは激しい語調で聞いた。

「おまえが、僕の両親を殺したと同じように、自分をも殺そうとしていると気づいたからじゃないか！」
「ちがう、ハリー――」ルーピンが口を挟んだ。
「それで、今度はとどめを刺そうとしてやってきたんだろう！」
「そのとおりだ」ブラックは殺気立った目でスキャバーズを見た。
「それなら、僕はスネイプにおまえを引き渡すべきだったんだ！」ハリーが叫んだ。
「ハリー」ルーピンが急き込んで言った。
「わからないのか？　私たちは、ずっと、シリウスが君のご両親を裏切ったと思っていた。ピーターがシリウスを追いつめたと思っていた――しかし、それは逆だった。わからないかい？　ピーターが君のお父さん、お母さんを裏切ったんだ――シリウスがピーターを追いつめたんだ――」
「うそだ！」
ハリーが叫んだ。
「ブラックが『秘密の守人』だった！　ブラック自身があなたが来る前にそう言ったんだ。こいつは自分が僕の両親を殺したと言ったんだ！」
ハリーはブラックを指差していた。ブラックはゆっくりと首を振った。落ちくぼんだ目が急にうるんだように光った。

「ハリー……私が殺したも同然だ」ブラックの声がかすれた。「最後の最後になって、ジェームズとリリーに、ピーターを守人にするように勧めたのは私だ。ピーターにかえるように勧めた……私が悪いのだ。たしかに……二人が死んだ夜、私はピーターのところに行く手はずになっていた。ピーターが無事かどうか、たしかめにいくことにしていた。ところが、ピーターの隠れ家に行ってみると、もぬけの殻だ。しかも争った跡がない。どうもおかしい。私は不吉な予感がして、すぐに君のご両親のところへ向かった。そして、家が壊され、二人が死んでいるのを見たとき――私は悟った。ピーターが何をしたのかを。私が何をしてしまったのかを」

涙声になり、ブラックは顔をそむけた。

「話はもう充分だ」

ルーピンの声には、ハリーがこれまで聞いたことがないような、情け容赦のない響きがあった。

「ほんとうは何が起こったのか、証明する道はただ一つだ。ロン、そのネズミをよこしなさい」

「こいつを渡したら、何をしようというんだ？」

ロンが緊張した声でルーピンに聞いた。

「無理にでも正体を現させる。もしほんとうのネズミだったら、これで傷つくことはない」

ルーピンが答えた。

ロンはためらったが、とうとうスキャバーズを差し出し、ルーピンが受け取った。スキャバーズはキーキーとわめき続け、のた打ち回り、小さな黒い目が飛び出しそうだった。

「シリウス、準備は？」ルーピンが言った。

ブラックはもう、スネイプの杖をベッドから拾い上げていた。ブラックが、ルーピンとじたばたするネズミに近づいた。涙でうるんだ目が、突然燃え上がったかのようだった。

「一緒にするか？」ブラックが低い声で言った。

「そうしよう」

ルーピンはスキャバーズを片手にしっかりつかみ、もう一方の手で杖を握った。

「三つ数えたらだ。一――二――三！」

青白い光が二本の杖からほとばしった。一瞬、スキャバーズは宙に浮き、そこに静止した。小さな黒い姿が激しくよじれた――ロンが叫び声を上げた――ネズミは床にボトリと落ちた。もう一度、目もくらむような閃光が走り、そして――。

木が育つのを早送りで見ているようだった。頭が床からシュッと上に伸び、手足が生え、次の瞬間、スキャバーズがいたところに、一人の男が、手をよじり、あとずさりしながら立っていた。クルックシャンクスがベッドで背中の毛を逆立て、シャーッ、シャーッと激しい音を出し、うなった。
小柄な男だ。ハリーやハーマイオニーの背丈とあまり変わらない。まばらな色あせた髪はくしゃくしゃで、てっぺんに大きなはげがあった。太った男が急激に体重を失ってしなびた感じだ。皮膚はまるでスキャバーズの体毛と同じように薄汚れ、とがった鼻や、ことさら小さいうるんだ目には、何となくネズミくささが漂っていた。男はハァハァと浅く、速い息づかいで、周りの全員を見回した。男の目がすばやくドアのほうに走り、また元に戻ったのを、ハリーは目撃した。
「やあ、ピーター」
ネズミがニョキニョキと旧友たちに変身して身近に現れるのをしょっちゅう見慣れているかのような口ぶりで、ルーピンがほがらかに声をかけた。
「しばらくだったね」
「シ、シリウス……リ、リーマス……」
ペティグリューは、声までキーキーとネズミ声だ。またしても、目がドアのほうにすばやく走った。
「友よ……なつかしの友よ……」
ブラックの杖腕が上がったが、ルーピンがその手首を押さえ、たしなめるような目でブラックを見た。それからまたペティグリューに向かって、さりげない軽い声で言った。
「ジェームズとリリーが死んだ夜、何が起こったのか、今おしゃべりしていたんだがね、ピーター。君はあのベッドでキーキーわめいていたから、細かいところを聞き逃したかもしれないな――」
「リーマス」
ペティグリューがあえいだ。その不健康そうな顔から、ドッと汗が噴き出すのをハリーは見た。
「君はブラックの言うことを信じたりしないだろうね……あいつはわたしを殺そうとしたんだ、リーマス……」
「そう聞いていた」
ルーピンの声は一段と冷たかった。
「ピーター、二つ、二つ、すっきりさせておきたいことがあるんだが、君がもし――」
「こいつは、またわたしを殺しにやってきた！」
ペティグリューは突然ブラックを指差して金切り声を上げた。人差し指がなくなり、中指で指しているのをハリーは見た。
「こいつはジェームズとリリーを殺した。今度はわたしも殺そうとしてるんだ……リーマス、助けておくれ……」

暗い底知れない目でペティグリューをにらみつけたブラックの顔が、今まで以上にがいこつのような形相に見えた。

「少し話の整理がつくまでは、誰も君を殺しはしない」ルーピンが言った。

「整理？」

ペティグリューはまたきょろきょろとあたりを見回し、その目が板張りした窓をたしかめ、一つしかないドアをもう一度たしかめた。

「こいつがわたしを追ってくるとわかっていた！　こいつがわたしをねらって戻ってくるとわかっていた！　十二年も、わたしはこの時を待っていた！」

「シリウスがアズカバンを脱獄するとわかっていたと言うのか？」ルーピンは眉根を寄せた。

「いまだかつて脱獄した者は誰もいないのに？」

「こいつは、わたしたちの誰もが夢でしかかなわないような闇の力を持っている！」

ペティグリューのかん高い声が続いた。

「それがなければ、どうやってあそこから出られる？　おそらく『名前を言ってはいけないあの人』がこいつに何か術を教え込んだんだ！」

ブラックが笑いだした。ぞっとするような、うつろな笑いが部屋中に響いた。

「ヴォルデモートが私に術を？」

ペティグリューはブラックに鞭打たれたかのように身を縮めた。

「どうした？　なつかしいご主人様の名前を聞いて怖気づいたか？」ブラックが言った。「無理もないな、ピーター。昔の仲間はおまえのことをあまり快く思っていないようだ。ちがうか？」

「何のことやら――シリウス、君が何を言っているのやら――」

ペティグリューはますます荒い息をしながら、もごもご言った。今や汗だくで、顔がてかてかしている。

「おまえは十二年もの間、私から逃げていたのではない。ヴォルデモートの昔の仲間から逃げ隠れしていたのだ。アズカバンでいろいろ耳にしたぞ、ピーター。……みんなおまえが死んだと思っている。さもなければ、おまえはみんなから落とし前をつけさせられたはずだ……私は囚人たちが寝言でいろいろ叫ぶのをずっと聞いてきた。どうやらみんな、二重スパイの裏切り者がまた寝返って、自分たちを裏切ったと思っているようだった。ヴォルデモートはおまえの情報でポッターの家に行った……そして、そこでヴォルデモートが破滅したのだからな。ヴォルデモートの仲間は一網打尽でアズカバンに入れられたわけではなかった。そうだな？　まだその辺にたくさんいる。時を待っているのだ。悔い改めたふりをして……ピーター、その連中が、もしおまえがまだ生きていると風の便りに聞いたら――」

「何のことやら……何を話しているやら……」

ペティグリューの声はますますかん高くなっていた。そでで顔をぬぐい、ルーピンを見上げて、ペティグリューが言った。

「リーマス、君は信じないだろう――こんなバカげた――」

「はっきり言って、ピーター、なぜ無実の者が、十二年もネズミに身をやつして過ごしたいと思ったのかは、理解に苦しむ」

感情の起伏を示さず、ルーピンが言った。

「無実だ。でも怖かった！」

ペティグリューがキーキー言った。

「ヴォルデモート支持者がわたしを追っているなら、それは、大物の一人をわたしがアズカバンに送ったからだ――スパイのシリウス・ブラックだ！」

ブラックの顔がゆがんだ。

「よくもそんなことを」

ブラックは、突然、あの熊のように大きな犬に戻ったようになった。
「私が？　ヴォルデモートのスパイ？　私がいつ、自分より強く、力のある者たちにヘコヘコした？　しかし、ピーター、おまえは――。おまえがスパイだということを、なぜ初めから見抜けなかったのか。うかつだった。おまえはいつも、自分の面倒を見てくれる親分にくっついているのが好きだった。そうだな？　かつてはそれが我々だった……私とリーマス……それにジェームズだった……」
ペティグリューはまた顔をぬぐった。今や息も絶え絶えだった。
「わたしが、スパイなんて……正気の沙汰じゃない……けっして……どうしてそんなことが言えるのか、わたしにはさっぱり――」
「ジェームズとリリーは私が勧めたからおまえを『秘密の守人』にしたんだ」
ブラックは歯がみをした。その激しさに、ペティグリューはたじたじと一歩下がった。
「私はこれこそ完璧な計画だと思った……目くらましだ……ヴォルデモートはきっと私を追う。おまえのような弱虫の、能無しを利用しようとは夢にも思わないだろう……ヴォルデモートにポッター一家を売ったときは、さぞかし、おまえのみじめな生涯の最高の瞬間だったろうな」
ペティグリューはわけのわからないことをつぶやいていた。ハリーの耳には、「とんだお門ちがい」とか「狂ってる」とかが聞こえてきたが、むしろ気になったのは、ペティグリューの青ざめた顔と、相変わらず窓やドアのほうにちらちら走る視線だった。

「ルーピン先生」ハーマイオニーがおずおず口を開いた。「あの――聞いてもいいですか？」

「どうぞ、ハーマイオニー」ルーピンがていねいに答えた。

「あの――スキャバーズ――いえ、この――この人――ハリーの寮で三年間同じ寝室にいたんです。『例のあの人』の手先なら、今までハリーを傷つけなかったのは、どうしてかしら？」

「そうだ！」

ペティグリューが指の一本欠けた手でハーマイオニーを指差し、かん高い声を上げた。

「ありがとう！　リーマス、聞いたかい？　ハリーの髪の毛一本傷つけてはいない！　そんなことをする理由がありますか？」

「その理由を教えてやろう」

ブラックが言った。

「おまえは、自分のために得になることがなければ、誰のためにも何もしないやつだ。ヴォルデモートは十二年も隠れたままで、半死半生だといわれている。アルバス・ダンブルドアの目と鼻の先で、しかもまったく力を失った残がいのような魔法使いのために、殺人などするおまえか？

『あの人』のもとに馳せ参ずるなら、『あの人』がお山の大将で一番強いことをたしかめてからにするつもりだったんだろう？　そもそも魔法使いの家族に入り込んで飼ってもらったのは何のためだ？　情報が聞ける状態にしておきたかったんだろう？　え？　おまえの昔の保護者が力を取り戻し、またその下に戻っても安全だという事態に備えて……」

ペティグリューは何度か口をパクパクさせた。話す能力をなくしたかに見えた。

「あの――ブラックさん――シリウス？」ハーマイオニーがおずおず声をかけた。

ブラックは飛び上がらんばかりに驚いた。こんなにていねいに話しかけられたのは、遠い昔のことで、もう忘れてしまったというように、ハーマイオニーをじっと見つめた。

「お聞きしてもいいでしょうか。ど――どうやってアズカバンから脱獄したのでしょう？　もし闇の魔術を使ってないのなら」

「ありがとう！」

ペティグリューは息をのみ、ハーマイオニーに向かって激しくうなずいた。

「そのとおり！　それこそ、わたしが言いた――」

ルーピンがにらんでペティグリューをだまらせた。ブラックはハーマイオニーに向かってちょっと顔をしかめたが、聞かれたことを不快に思っている様子ではなかった。自分もその答えを探しているように見えた。
「どうやったのか、自分でもわからない」
ゆっくりと考えながらブラックが答えた。
「私が正気を失わなかった理由はただ一つ、自分が無実だと知っていたことだ。これは幸福な気持ちではないから、吸魂鬼はその思いを吸い取ることができなかった……しかし、その思いが私の正気を保った。自分が何者であるか意識し続けていられた……私の力を保たせてくれた……。だからいよいよ……たえがたくなったときは……私は独房で変身することができた……犬になれた。吸魂鬼は目が見えないのだ……」
ブラックはゴクリとつばを飲んだ。
「連中は人の感情を感じ取って人に近づく……私が犬になると、連中は私の感情が――人間的でなくなり、複雑でなくなるのを感じ取った……しかし、連中はもちろんそれを、ほかの囚人と同じく私も正気を失ったのだろうと考え、気にもかけなかった。とはいえ、私は弱っていた。とても弱っていて、杖なしには連中を追い払うことはとてもできないとあきらめていた……」
「そんな時、私はあの写真にピーターを見つけた……ホグワーツでハリーと一緒だということがわかった。……闇の陣営が再び力を得たとの知らせが、ちらとでも耳に入れば、行動を起こすには完璧な場所だ……」

ペティグリューは声もなく口をパクつかせながら、首を振っていたが、まるで催眠術にかかったようにブラックを見つめ続けていた。

「……味方の力に確信が持てたら、とたんに襲えるように準備万端だ……ポッター家最後の一人を味方に引き渡す。ハリーを差し出せば、やつがヴォルデモート卿を裏切ったなどと誰が言おうか？　やつは栄誉をもって再び迎え入れられる……」

「だからこそ、私は何かをせねばならなかった。ピーターがまだ生きていると知っているのは私だけだ……」

ハリーはウィーズリー氏と夫人とが話していたことを思い出した。

――看守が、ブラックは寝言を言っていると言うんだ……いつも同じ寝言だ……『**あいつはホグワーツにいる**』って――。

「まるで誰かが私の心に火をつけたようだった。しかも吸魂鬼はその思いを砕くことはできない……幸福な気持ちではないからだ……執念だった……。しかし、その気持ちが私に力を与えた。心がしっかり覚めた。そこである晩、連中が食べ物を運んできて独房の戸を開けたとき、私は犬になって連中の脇をすり抜けた……。連中にとって獣の感情を感じるのは非常に難しいことなので、混乱した……。私はやせ細っていた。とても……。鉄格子のすきまをすり抜けられるほどやせていた……。私は犬の姿で泳ぎ、島から戻ってきた……。北へと旅し、ホグワーツの校庭に犬の姿で入り込んだ……。それからずっと、森にすんでいた……。もっとも、一度だけクィディッチの試合を見にいったが、それ以外は……。ハリー、君はお父さんに負けないぐらい飛ぶのがうまい……」

ブラックはハリーを見た。ハリーも目をそらさなかった。

「信じてくれ」

かすれた声でブラックが言った。

「信じてくれ、ハリー。私はけっしてジェームズやリリーを裏切ったことはない。裏切るくらいなら、私が死ぬほうがましだ」

ようやくハリーはブラックを信じることができた。のどがつまり、声が出なかった。ハリーはうなずいた。

「だめだ！」

ペティグリューは、ハリーがうなずいたことが自分の死刑の宣告でもあるかのように、がっくりとひざをついた。そのままにじり出て、祈るように手を握り合わせ、はいつくばった。

「シリウス――わたしだ……ピーターだ……君の友達の……まさか君は……」
ブラックがけとばそうと足を振ると、ペティグリューはあとずさりした。
「私のローブは充分に汚れてしまった。この上おまえの手で汚されたくはない」
ブラックが言った。
「リーマス！」
ペティグリューはルーピンのほうに向きなおり、哀れみを請うように身をよじりながら金切り声を上げた。
「君は信じないだろうね……計画を変更したなら、シリウスは君に話したはずだろう？」
「ピーター、私がスパイだと思ったら話さなかっただろうな」ルーピンが答えた。
「シリウス、たぶんそれで私に話してくれなかったのだろう？」
ペティグリューの頭越しに、ルーピンがさりげなく言った。
「すまない、リーマス」ブラックが言った。
「気にするな。わが友、パッドフット」ルーピンはそでをまくり上げながら言った。
「そのかわり、私が君をスパイだと思いちがいしたことを許してくれるか？」
「もちろんだとも」

ブラックのげっそりした顔に、ふと、かすかな笑みがもれた。ブラックもそでをまくり上げはじめた。

「一緒にこいつを殺るか？」

「ああ、そうしよう」ルーピンが厳粛に言った。

「やめてくれ……やめて……」

ペティグリューがあえいだ。そして、ロンのそばに転がり込んだ。

「ロン……わたしはいい友達……いいペットだったろう？　わたしを殺させないでくれ、ロン。お願いだ……君はわたしの味方だろう？」

しかし、ロンは思いっきり不快そうにペティグリューをにらんだ。

「自分のベッドにおまえを寝かせてたなんて！」

「やさしい子だ……情け深いご主人様……」

ペティグリューはロンのほうにはい寄った。

「殺させないでくれ……わたしは君のネズミだった……いいペットだった……」

「人間のときよりネズミのほうがさまになるなんていうのは、ピーター、あまり自慢にはならない」

ブラックが厳しく言った。ロンは痛みでいっそう青白くなりながら、折れた脚を、ペティグリューの手の届かないところへとひねった。ペティグリューはひざを折ったまま向きを変え、前にのめりながらハーマイオニーのローブのすそをつかんだ。

「やさしいお嬢さん……賢いお嬢さん……。あなたは――あなたならそんなことをさせないでしょう……助けて……！」

ハーマイオニーはローブを引っ張り、しがみつくペティグリューの手からもぎ取り、おびえきった顔で壁際まで下がった。

ペティグリューは、とめどなく震えながら、ひざまずき、ハリーに向かってゆっくりと顔を上げた。

「ハリー……ハリー……君はお父さんに生き写しだ……そっくりだ……」

「ハリーに話しかけるとは、どういう神経だ？」ブラックが大声を出した。

「ハリーに顔向けができるか？　この子の前で、ジェームズのことを話すなんて、どの面下げてできるんだ？」

「ハリー」

ペティグリューが両手を伸ばし、ハリーに向かってひざで歩きながらささやいた。

「ハリー、ジェームズならわたしが殺されることを望まなかっただろう……ジェームズならわかってくれたよ、ハリー……ジェームズならわたしに情けをかけてくれただろう……」

ブラックとルーピンが大股にペティグリューに近づき、肩をつかんで床の上に仰向けにたたきつけた。ペティグリューは座り込んで、恐怖にヒクヒクけいれんしながら二人を見つめた。

「おまえはジェームズとリリーをヴォルデモートに売った」

ブラックも体を震わせていた。

「否定するのか？」

ペティグリューはワッと泣きだした。おぞましい光景だった。育ち過ぎた、頭のはげかけた赤ん坊が、床の上ですくんでいるようだった。

「シリウス、シリウス、わたしに何ができたというのだ？　闇の帝王は……君にはわかるまい……あの方には君の想像もつかないような武器がある……わたしは怖かった。シリウス、わたしは君や、リーマスやジェームズのように勇敢ではなかった。わたしはやろうと思ってやったのではない……あの『名前を言ってはいけないあの人』が無理やり――」

「うそをつくな！」

ブラックが割れるような大声を出した。

「おまえは、ジェームズとリリーが死ぬ一年も前から、『あの人』に密通していた！　おまえがスパイだった！」

「あの方は――あの方は、あらゆるところを征服していた！」

ペティグリューがあえぎながら言った。

「あの方を拒んで、な、何が得られたろう？」

「史上もっとも邪悪な魔法使いに抗って、何が得られたかって？」

ブラックの顔にはすさまじい怒りが浮かんでいた。

「それは、罪もない人々の命だ、ピーター！」

「君にはわかってないんだ！」

ペティグリューが哀れっぽく訴えた。

「シリウス、わたしが殺されかねなかったんだ！」

「それなら、死ねばよかったんだ」

ブラックがほえた。

「友を裏切るくらいなら死ぬべきだった。我々も君のためにそうしただろう」

ブラックとルーピンが肩を並べて立ち、杖を上げた。

「おまえは気づくべきだったな」ルーピンが静かに言った。「ヴォルデモートがおまえを殺さなければ、我々が殺すと。ピーター、さらばだ」

ハーマイオニーが両手で顔を覆い、壁のほうを向いた。

「やめて！」

ハリーが叫んだ。ハリーはかけ出して、ペティグリューの前に立ちふさがり、杖に向き合った。

「殺してはだめだ」ハリーはあえぎながら言った。「殺しちゃいけない」

ブラックとルーピンはショックを受けたようだった。

「ハリー、このくずのせいで、君はご両親を亡くしたんだぞ」ブラックがうなった。

「このヘコヘコしているろくでなしは、あの時、君も死んでいたら、それを平然として眺めていたはずだ。聞いただろう。小汚い自分の命のほうが、君の家族全員の命より大事だったのだ」

「わかってる」ハリーはあえいだ。

「こいつを城まで連れていこう。僕たちの手で吸魂鬼に引き渡すんだ。こいつはアズカバンに行けばいい……殺すことだけはやめて」

「ハリー！」

ペティグリューが息をのんだ。そして両腕でハリーのひざをひしと抱いた。

「君は――ありがとう――こんなわたしに――ありがとう――」
「放せ」
ハリーは汚らわしいとばかりにペティグリューの手をはねつけ、吐きすてるように言った。
「おまえのために止めたんじゃない。僕の父さんは、親友が――おまえみたいなもののために――殺人者になるのを望まないと思っただけだ」
誰一人動かなかった。物音一つ立てなかった。ただ、胸を押さえたペティグリューの息がゼイゼイと聞こえるだけだった。ブラックとルーピンは互いに顔を見合わせていた。それから二人同時に杖を下ろした。
「ハリー、君だけが決める権利がある」ブラックが言った。「しかし、考えてくれ……こいつのやったことを……」
「こいつはアズカバンに行けばいいんだ」ハリーはくり返し言った。「あそこがふさわしい者がいるとしたら、こいつしかいない……」
ペティグリューはハリーの陰でまだゼイゼイ言っていた。
「いいだろう。ハリー、脇にどいてくれ」ルーピンが言った。
ハリーはためらった。

「縛り上げるだけだ。誓ってそれだけだ」ルーピンが言った。
ハリーは脇にどいた。今度はルーピンの杖の先から、細いひもが噴き出て、次の瞬間、ペティグリューは縛られ、さるぐつわをかまされて床の上でもがいていた。
「しかし、ピーター、もし変身したら」
ブラックも杖をペティグリューに向け、うなるように言った。
「やはり殺す。いいね、ハリー？」
ハリーは床に転がった哀れな姿を見下ろし、ペティグリューに見えるようにうなずいた。
「よし」
ルーピンが急にてきぱきとさばきはじめた。
「ロン、私はマダム・ポンフリーほどうまく骨折を治すことができないから、医務室に行くまでの間、包帯で固定しておくのが一番いいだろう」
ルーピンはサッとロンのそばに行き、かがんでロンの脚を杖で軽くたたき、「フェルーラ！巻け」と唱えた。添え木で固定したロンの脚に包帯が巻きついた。ルーピンが手を貸してロンを立たせ、ロンは恐る恐る足に体重をかけたが、痛さに顔をしかめることもなかった。
「よくなりました。ありがとう」ロンが言った。

「スネイプ先生はどうしますか？」
ハーマイオニーがうなだれて伸びているスネイプを見下ろしながら、小声で言った。
「こっちは別に悪いところはない」
かがんでスネイプの脈を取りながら、ルーピンが言った。
「君たち三人とも、ちょっと――過激にやり過ぎただけだ。スネイプはまだ気絶したままだ。うむ――我々が安全に城に戻るまで、このままにしておくのが一番いいだろう。こうして運べばいい……」
ルーピンが「モビリコーパス！　体よ動け！」と唱えた。手首、首、ひざに見えない糸が取りつけられたように、スネイプの体が引っ張り上げられ、立ち上がった。頭部はまだぐらぐらとすわり心地悪そうに垂れ下がったままで、まるで異様な操り人形だ。脚をぶらぶらさせ、床から数センチ上に吊るし上げられていた。ルーピンは透明マントを拾い上げ、ポケットにきちんとしまった。
「誰か二人、こいつとつながっておかないと」
ブラックが足のつま先でペティグリューをこづきながら言った。
「万一のためだ」

「私がつながろう」ルーピンだ。

「僕も」ロンが片足を引きずりながら進み出て、乱暴に言った。

ブラックは空中からヒョイと重い手錠を取り出した。再び、ペティグリューは二本足で立ち、その左腕はルーピンの右腕に、そして右腕はロンの左腕につながれていた。

ロンは口を真一文字に結んでいた。スキャバーズの正体を、ロンはまるで自分への屈辱と受け取ったように見えた。クルックシャンクスがひらりとベッドから飛び降り、先頭に立って部屋を出た。瓶洗いブラシのようなしっぽを誇らしげにキリッと上げながら。

第20章 吸魂鬼のキス

こんな奇妙な群れに加わったのはハリーにとって初めてだった。クルックシャンクスが先頭に立って階段を下り、そのあとをルーピン、ペティグリュー、ロンが、まるでムカデ競走のようにつながって下りた。シリウスがスネイプの杖を使ってスネイプ先生を宙吊りにし、不気味に宙を漂うスネイプのつま先が、一段下りるたびに階段にぶつかった。ハリーとハーマイオニーがしんがりだった。

トンネルを戻るのが一苦労だった。ルーピン、ペティグリュー、ロンの組は横向きになって歩かざるをえなかった。ルーピンはペティグリューに杖を突きつけたままだ。ハリーからは三人が一列になって歩きにくそうにトンネルを横ばいで行くのが見えた。先頭は相変わらずクルックシャンクスだ。ハリーはシリウスのすぐ後ろを歩いた。スネイプがシリウスに宙吊りにされたまま、三人の前を漂っていたが、がくりと垂れた頭が低い天井にぶつかってばかりいた。ハリーは、シリウスがわざとよけないようにしているような気がした。

「これがどういう意味をもつのか、わかるかい？」
トンネルをのろのろと進みながら、出し抜けにシリウスがハリーに話しかけた。
「ペティグリューを引き渡すということが――」
「あなたが自由の身になる」
「そうだ……」
シリウスが続けた。
「しかし、それだけではない――誰かに聞いたかもしれないが――私は君の名付け親でもあるんだよ」
「ええ、知っています」
「つまり……君の両親が、私を君の後見人に決めたのだ」
シリウスの声が緊張した。
「もし自分たちの身に何かあればと……」
ハリーは次の言葉を待った。シリウスの言おうとしていることが、自分の考えていることと同じだったら？
「もちろん、君がおじさんやおばさんとこのまま一緒に暮らしたいというなら、その気持ちはよくわかるつもりだ。しかし……まあ……考えてくれないか。私の汚名が晴れたら……もし君が……別の家族が欲しいと思うなら……」シリウスが言った。

ハリーの胸の奥で、何かが爆発した。

「えっ？――あなたと暮らすの？」

そう言ったとたん、ハリーは、天井から突き出している岩にいやというほど頭をぶっつけた。

「ダーズリー一家と別れるの？」

「むろん、君はそんなことは望まないだろうと思ったが」シリウスがあわてて言った。

「よくわかるよ。ただ、もしかしたら私と、と思ってね……」

「とんでもない！」ハリーの声は、シリウスに負けず劣らずかすれていた。

「もちろん、ダーズリーのところなんか出たいです！　住む家はありますか？　僕、いつ引っ越せますか？」

シリウスがくるりと振り返ってハリーを見た。スネイプの頭が天井をゴリゴリこすっていたが、シリウスは気にもとめない様子だ。

「そうしたいのかい？　本気で？」

「ええ、本気です！」ハリーが答えた。

シリウスのげっそりした顔が、急に笑顔になった。ハリーが初めて見る、シリウスのほんとうの笑顔だった。その笑顔がもたらした変化は驚異的だった。がいこつのようなお面の後ろに十歳若返った顔が輝いて見えるようだった。ほんの一瞬、シリウスは、ハリーの両親の結婚式で快活に笑っていたあの人だ、とわかる顔になった。

トンネルの出口に着くまで、二人はもう何も話さなかった。クルックシャンクスが最初に飛び出した。木の幹のあのこぶを押してくれたらしい。

ルーピン、ペティグリュー、ロンの一組がはい上がっていったが、獰猛な枝の音は聞こえてこなかった。

シリウスはまずスネイプを穴の外に送り出し、それから一歩下がって、ハリーとハーマイオニーを先に通した。ついに全員が外に出た。

校庭はすでに真っ暗だった。明かりといえば、遠くに見える城の窓からもれる灯だけだ。無言で、全員が歩きだした。ペティグリューは相変わらずゼイゼイと息をし、時折ヒイヒイ泣いていた。

ハリーは胸がいっぱいだった。ダーズリー家を離れるんだ。父さん、母さんの親友だったシリウス・ブラックと一緒に暮らすんだ……ハリーはぼうっとした……ダーズリー一家に、テレビに出ていたあの囚人と一緒に暮らすと言ったら、どうなるかな！

「ちょっとでも変なまねをしてみろ、ピーター」

前のほうで、ルーピンがおどすように言った。ペティグリューの胸に、ルーピンの杖が横から突きつけられていた。

みんな無言でひたすら校庭を歩いた。窓の灯が徐々に大きくなってきた。スネイプはあごをがくがくと胸にぶっつけながら相変わらず不気味に宙を漂い、シリウスの前を移動していた。すると、その時——。

雲が切れた。突然校庭にぼんやりとした影が落ちた。一行は月明かりを浴びていた。

スネイプが、ふいに立ち止まったルーピン、ペティグリュー、ロンの一団にぶつかった。シリウスが立ちすくんだ。シリウスは片手をサッと上げてハリーとハーマイオニーを制止した。

ハリーはルーピンの黒い影のような姿を見た。その姿は硬直していた。そして、手足が震えだした。

「どうしましょう——あの薬を今夜飲んでないわ！　危険よ！」ハーマイオニーが絶句した。

「逃げろ」シリウスが低い声で言った。

「逃げろ！　早く！」

しかし、ハリーは逃げなかった。ロンがペティグリューとルーピンにつながれたままだ。ハリーは前に飛び出した。が、シリウスが両腕をハリーの胸に回してぐいと引き戻した。

「私に任せて――**逃げるんだ！**」

恐ろしいうなり声がした。ルーピンの頭が長く伸びた。体も伸びた。背中が盛り上がった。顔といわず手といわず、見る見る毛が生えだした。手は丸まって鉤爪が生えた。クルックシャンクスの毛が再び逆立ち、たじたじとあとずさりしていた――。

狼人間が後ろ足で立ち上がり、バキバキと牙を打ち鳴らしたとき、シリウスの姿もハリーのそばから消えていた。変身したのだ。巨大な、熊のような犬が躍り出た。狼人間が自分を縛っていた手錠をねじ切ったとき、犬が狼人間の首に食らいついて後ろに引き戻し、ロンやペティグリューから遠ざけた。二匹は、牙と牙とががっちりとかみ合い、鉤爪が互いを引き裂き合っていた――。

ハリーはこの光景に立ちすくみ、その戦いに心を奪われるあまり、ほかのことには何も気づかなかった。ハーマイオニーの悲鳴で、ハリーはハッと我に返った――。

ペティグリューがルーピンの落とした杖に飛びついていた。包帯をした脚で不安定だったロンが転倒した。バンという音と、炸裂する光――そして、ロンは倒れたまま動かなくなった。またバンという音――クルックシャンクスが宙を飛び、地面に落ちてくしゃっとなった。

「エクスペリアームス！　武器よ去れ！」

ペティグリューに杖を向け、ハリーが叫んだ。ルーピンの杖が空中に高々と舞い上がり、見えなくなった。

「動くな！」

ハリーは飛び出して走りながら叫んだ。

遅かった。ペティグリューはもう変身していた。だらりと伸びたロンの腕にかかっている手錠を、ペティグリューのはげたしっぽがシュッとかいくぐるのを、ハリーは目撃した。草むらをあわてて走り去る音が聞こえた。

一声高くほえる声と低くうなる声とが聞こえた。ハリーが振り返ると、狼人間が逃げ出すところだった。森に向かって疾駆していく。

「シリウス、ペティグリューが逃げた。変身したんだ！」

ハリーが大声を上げた。

シリウスは血を流していた。鼻づらと背に深手を負っていた。しかし、ハリーの言葉にすばやく立ち上がり、足音を響かせて校庭を走り去った。その足音もたちまち夜の静寂に消えていった。

ハリーとハーマイオニーはロンにかけ寄った。
「ペティグリューはいったいロンに何をしたのかしら？」
ハーマイオニーがささやくように言った。ロンは目を半眼に開き、口はだらりと開いていた。生きているのはたしかだ。息をしているのが聞こえる。しかし、ロンは二人の顔がわからないようだった。
「さあ、わからない」
ハリーはすがる思いで周りを見回した。ブラックもルーピンも行ってしまった……そばにいるのは、宙吊りになって、気を失っているスネイプだけだ。
「二人を城まで連れていって、誰かに話をしないと」
ハリーは目にかかった髪をかき上げ、筋道立てて考えようとした。
「行こう――」
しかし、その時、暗闇の中から、キャンキャンと苦痛を訴えるような犬の鳴き声が聞こえてきた。
「シリウス」
ハリーは闇を見つめてつぶいた。

一瞬、ハリーは意を決しかねた。しかし、今ここにいても、ロンには何もしてやることができない。しかもあの声からすると、ブラックは窮地におちいっている――。

ハリーはかけだした。ハーマイオニーもあとに続いた。かん高い鳴き声は湖のそばから聞こえてくるようだ。二人はその方向に疾走した。全力で走りながら、ハリーは寒気を感じたが、その意味には気づかなかった――。

キャンキャンという鳴き声が急にやんだ。湖のほとりにたどり着いたとき、それがなぜなのかを二人は目撃した――シリウスは人の姿に戻っていた。うずくまり、両手で頭を抱えている。

「やめろおおお」シリウスがうめいた。

「やめてくれええええ……頼む……」

そして、ハリーは見た。吸魂鬼だ。少なくとも百人が、真っ黒な塊になって、湖の周りからこちらに、すべるように近づいてくる。ハリーはあたりをぐるりと見回した。いつもの氷のように冷たい感覚が体の芯を貫き、目の前が霧のようにかすんできた。四方八方の闇の中から、次々と吸魂鬼が現れてくる。三人を包囲している……。

「ハーマイオニー、何か幸せなことを考えるんだ！」

ハリーが杖を上げながら叫んだ。目の前の霧を振り払おうと、激しく目を瞬き、内側から聞こえはじめたかすかな悲鳴を振り切ろうと、頭を振った――。

僕は名付け親と暮らすんだ。ダーズリー一家と別れるんだ。

ハリーは必死でシリウスのことを、そしてそのことだけを考えようとした。そして、唱えはじめた。

「エクスペクト　パトローナム！　守護霊よ来たれ！　エクスペクト　パトローナム！」

ブラックは大きく身震いしてひっくり返り、地面に横たわり動かなくなった。死人のように青白い顔だった。

シリウスは大丈夫だ。僕はシリウスと行く。シリウスと暮らすんだ。

「エクスペクト　パトローナム！　ハーマイオニー、助けて！　エクスペクト　パトローナム！」

「エクスペクト――」ハーマイオニーもささやくように唱えた。

「エクスペクト――エクスペクト――」

しかし、ハーマイオニーはうまくできなかった。吸魂鬼が近づいてくる。もう三メートルと離れていない。ハリーとハーマイオニーの周りを吸魂鬼が壁のように囲み、二人に迫ってくる……。

「エクスペクト　パトローナム！」

ハリーは、耳の中で叫ぶ声をかき消そうと、大声で叫んだ。

「エクスペクト　パトローナム！」

杖先から、銀色のものが一筋流れ出て、目の前に霞のように漂った。同時に、ハリーは隣でハーマイオニーが気を失うのを感じた。ハリーは一人になった……たった一人だった……。

「エクスペクト――エクスペクト　パトローナム――」

ハリーはひざに冷たい下草を感じた。目に霧がかかった。渾身の力を振りしぼり、ハリーは記憶を失うまいと戦った――シリウスは無実だ――無実なんだ――僕たちは大丈夫だ――僕はシリウスと暮らすんだ――。

「エクスペクト　パトローナム！」

ハリーはあえぐように言った。

形にならない守護霊の弱々しい光で、ハリーは吸魂鬼がすぐそばに立ち止まるのを見た。吸魂鬼はハリーが創り出した銀色の靄の中を通り抜けることができなかった。マントの下から、ぬめぬめした死人のような手がするすると伸びてきて、守護霊を振り払うかのようなしぐさをした。

「やめろ――やめろ――」ハリーはあえいだ。

「あの人は無実だ……エクスペクト――エクスペクト　パトローナム――」

吸魂鬼たちが自分を見つめているのを感じた。ザーザーという息が邪悪な風のようにハリーを取り囲んでいる。一番近くの吸魂鬼がハリーをじっくりと眺め回した。そして、腐乱した両手を上げ――フードを脱いだ。

目があるはずのところには、うつろな眼窩と、のっぺりとそれを覆っている灰色の薄いかさぶた状の皮膚があるだけだった。しかし、口はあった……がっぽり開いた形のない穴が、死に際の息のように、ザーザーと空気を吸い込んでいる。

恐怖がハリーの全身をまひさせ、動くことも声を出すこともできない。守護霊は揺らぎ、はてた。

真っ白な霧が目を覆った。戦わなければ……エクスペクト　パトローナム……何も見えない……すると、遠くのほうから、聞き覚えのあるあの叫び声が聞こえてきた……エクスペクト　パトローナム……霧の中で、ハリーは手探りでシリウスを探し、その腕に触れた……あいつらにシリウスを連れていかせてなるものか……。

しかし、べっとりした冷たい二本の手が、突然ハリーの首にがっちりと巻きついた。無理やりハリーの顔を仰向けにした……ハリーはその息を感じた……僕を最初に始末するつもりなんだ……くさったような息がかかる……耳元で母さんが叫んでいる……生きている僕が最後に聞く声が母さんの声なんだ――。

すると、その時、ハリーをすっぽり包み込んでいる霧を貫いて、銀色の光が見えるような気がした。だんだん強く、明るく……。ハリーは自分の体がうつ伏せに草の上に落ちるのを感じた。

うつ伏せのまま身動きする力もなく、吐き気がし、震えながらハリーは目を開けた。目もくらむような光が、あたりの草むらを照らしていた……耳元の叫び声はやみ、冷気は徐々にひいていった……。

何かが、吸魂鬼を追い払っている……何かがハリー、シリウス、ハーマイオニーの周りをぐるぐる回っている……ザーザーという吸魂鬼の息が次第に消えていった。吸魂鬼が去っていく……暖かさが戻ってきた……。

あらんかぎりの力を振りしぼり、ハリーは顔をほんの少し持ち上げた。そして、光の中に、湖を疾駆していく動物を見た。流れ込む汗でかすむ目を凝らし、ハリーはその姿が何かを見極めようとした……それはユニコーンのように輝いていた。薄れゆく意識を奮い起こし、ハリーはそれがむこう岸に着いて、足並みをゆるめ、止まるのを見つめていた。まばゆい光の中で、ハリーは一瞬、誰かがそれを迎えているのを見た……それをなでようと手を上げている……何だか不思議に見覚えのある人だ……でも、まさか……。

ハリーにはわからなかった。もう考えることもできなかった。最後の力が抜けていくのを感じ、頭ががっくりと地面に落ち、ハリーは気を失った。

第21章 ハーマイオニーの秘密

「言語道断……あろうことか……誰も死ななかったのは奇跡だ……こんなことは前代未聞……いや、まったく、スネイプ、君が居合わせたのは幸運だった」

「恐れ入ります、大臣閣下」

「マーリン勲章、勲二等、いや、もし私が口やかましく言えば、勲一等ものだ」

「まことにありがたいことです、閣下」

「ひどい切り傷があるねえ……ブラックの仕業、だろうな？」

「実は、ポッター、ウィーズリー、グレンジャーの仕業です、閣下……」

「まさか！」

「ブラックが三人に魔法をかけたのです。私にはすぐわかりました。三人の行動から察しますに、錯乱の呪文でしょうな。三人はブラックが無実である可能性があると考えていたようです。三人の行動に責任はありません。しかしながら、三人がよけいなことをしたため、ブラックを取り逃がしたかもしれないわけでありまして……三人は明らかに、自分たちだけでブラックを捕まえようと思ったわけですな。この三人は、これまでもいろいろとうまくやりおおせておりまして……どうも自分たちの力を過信している節があるようで……それに、もちろん、ポッターの場合、校長が特別扱いで、相当な自由を許してきましたし――」

「ああ、それは、スネイプ……何しろ、ハリー・ポッターだ……。我々はみな、この子に関しては多少甘いところがある」

「しかし、それにしましても――あまりの特別扱いは本人のためにならぬのでは？　私個人的には、ほかの生徒と同じように扱うよう心がけております。そこでですが、ほかの生徒であれば、停学でしょうな――少なくとも――友人をあれほどの危険に巻き込んだのですから。閣下、お考えください。校則のすべてに違反し――しかもポッターを護るために、あれだけの警戒措置が取られたにもかかわらずですぞ――規則を破り、夜間、人狼や殺人者とつるんで――それに、ポッターは、規則を犯して、ホグズミードに出入りしていたと信じるに足る証拠を私はつかんでおります――」

「まあまあ……スネイプ、いずれそのうち、またそのうち……。あの子はたしかに愚かではあった……」

ハリーは目をしっかり閉じ、横になったまま聞いていた。何だかとてもふらふらした。聞いている言葉が、耳から脳に、のろのろと移動するような感じで、なかなか理解できなかった。手足が鉛のようだった。まぶたが重くて開けられない……ここに横たわっていたい。この心地よいベッドに、いつまでも……。

「一番驚かされたのが、吸魂鬼の行動だよ……どうして退却したのか、君、ほんとうに思い当たる節はないのかね、スネイプ？」

「ありません、閣下。私の意識が戻ったときには、吸魂鬼は全員、それぞれの持ち場に向かって校門に戻るところでした……」

「不思議千万だ。しかも、ブラックも、ハリーも、それにあの女の子も――」

「全員、私が追いついたときには意識不明でした。私は当然、ブラックを縛り上げ、さるぐつわをかませ、担架を作り出して、全員をまっすぐ城まで連れてきました」

しばし会話がとぎれた。ハリーの頭は少し速く回転するようになった。それと同時に、胸の奥がざわめいた……。

ハリーは目を開けた。

何もかもぼんやりしていた。誰かがハリーのめがねをはずしたのだ。ハリーは暗い医務室に横たわっていた。部屋の一番端に、校医のマダム・ポンフリーがこちらに背中を向けてベッドの上にかがみ込んでいるのがやっと見えた。ハリーは目を細めた。ロンの赤毛がマダム・ポンフリーの腕の下に垣間見えた。

ハリーは枕の上で頭を動かした。右側のベッドにハーマイオニーが寝ていた。月光がそのベッドを照らしている。ハーマイオニーも目を開けていた。緊張で張りつめているようだった。ハリーも目を覚ましているのに気づいたハーマイオニーは、唇に人差し指を当て、それから医務室のドアを指差した。廊下にいるコーネリウス・ファッジとスネイプの声が、半開きになったドアから入り込んでいた。

マダム・ポンフリーが、きびきびと暗い医務室を歩き、今度はハリーのベッドにやってくる。ハリーは寝返りを打ってそちらを見た。マダム・ポンフリーはハリーが見たこともないような大きなチョコレートを一塊手にしていた。ちょっとした小岩のようだ。

「おや、目が覚めたんですか！」

きびきびした声だ。チョコレートをハリーのベッド脇の小机に置き、マダム・ポンフリーはそれを小さいハンマーで細かく砕きはじめた。

「ロンは、どうですか？」ハリーとハーマイオニーが同時に聞いた。

「死ぬことはありません」マダム・ポンフリーは深刻な表情で言った。
「あなたたち二人は……ここに入院です。私が大丈夫だと言うまで――ポッター、何をしてるんですか？」
ハリーは上半身を起こし、めがねをかけ、杖を取り上げていた。
「校長先生にお目にかかるんです」ハリーが言った。
「ポッター」マダム・ポンフリーがなだめるように言った。「大丈夫ですよ。ブラックは捕まえました。上の階に閉じ込められています。吸魂鬼がまもなく『接吻』をほどこします――」
「えーっ！」
ハリーはベッドから飛び降りた。ハーマイオニーも同じだった。しかし、ハリーの叫び声が廊下まで聞こえたらしく、次の瞬間、コーネリウス・ファッジとスネイプが医務室に入ってきた。
「ハリー、ハリー、何事だね？」
ファッジがあわてふためいて言った。
「寝てないといけないよ――ハリーにチョコレートをやったのかね？」
ファッジが心配そうにマダム・ポンフリーに聞いた。
「大臣、聞いてください！　シリウス・ブラックは無実です！　ピーター・ペティグリューは自分が死んだと見せかけたんです！　今夜、ピーターを見ました！　大臣、吸魂鬼にあれをやらせてはだめです。シリウスは――」

しかし、ファッジはかすかに笑いを浮かべて首を振っている。

「ハリー、ハリー、君は混乱している。あんな恐ろしい試練を受けたあとだし。横になりなさい、さあ。すべて我々が掌握しているのだから……」

「**していません！**」ハリーが叫んだ。

「**捕まえる人をまちがえています！**」

「大臣、聞いてください。お願い」

ハーマイオニーも急いでハリーのそばに来て、ファッジを見つめ、必死に訴えた。

「私もピーターを見ました。ロンのネズミだったんです。『動物もどき』だったんです、ペティグリューは。それに――」

「おわかりでしょう、閣下？」スネイプが言った。

「錯乱の呪文です。二人とも……。ブラックは見事に二人に術をかけたものですな……」

「**僕たち、錯乱してなんかいません！**」ハリーが大声を出した。

「大臣！　先生！」マダム・ポンフリーが怒った。

「二人とも出ていってください。ポッターは私の患者です。患者を興奮させてはなりません！」
「僕、興奮してません。何があったのか、二人に伝えようとしてるんです！」
ハリーは激しい口調で言った。
「僕の言うことを聞いてさえくれたら――」
しかし、マダム・ポンフリーは突然大きなチョコレートの塊をハリーの口に押し込み、むせ込んでいる間に、間髪を容れずハリーをベッドに押し戻した。
「さあ、大臣、お願いです。この子たちは手当てが必要です。どうか、出ていってください――」
再びドアが開いた。今度はダンブルドアだった。ハリーはやっとのことで口いっぱいのチョコレートを飲み込み、また立ち上がった。
「ダンブルドア先生、シリウス・ブラックは――」
「まったく、何てことでしょう！」マダム・ポンフリーはかんしゃくを起こした。
「病室をいったい何だと思っているんですか？　校長先生、失礼ですが、どうか――」
「すまないね、ポピー。だが、わしはミスター・ポッターとミス・グレンジャーに話があるんじゃ」
ダンブルドアがおだやかに言った。

「たった今、シリウス・ブラックと話をしてきたばかりじゃよ――」
「さぞかし、ポッターに吹き込んだと同じおとぎばなしをお聞かせしたことでしょうな？」
スネイプが吐きすてるように言った。
「ネズミが何だとか、ペティグリューが生きているとか――」
「さよう、ブラックの話はまさにそれじゃ」
ダンブルドアは半月めがねの奥から、スネイプを観察していた。
「私の証言は何の重みもないということで？」スネイプがうなった。
「ピーター・ペティグリューは『叫びの屋敷』にはいませんでしたぞ。校庭でも影も形もありませんでした」
「それは、先生がノックアウト状態だったからです！」ハーマイオニーが熱心に言った。
「先生はあとから来たので、お聞きになっていない――」
「ミス・グレンジャー、**口出しするな！**」
「まあ、まあ、スネイプ」ファッジが驚いてなだめた。
「このお嬢さんは、気が動転しているのだから、それを考慮してあげないと――」
「わしは、ハリーとハーマイオニーと三人だけで話したいのじゃが」ダンブルドアが突然言った。

「コーネリウス、セプルス、ポピー――席をはずしてくれないかの」
「校長先生！」マダム・ポンフリーがあわてた。
「この子たちは治療が必要なんです。休息が必要で――」
「事は急を要する」ダンブルドアが言った。「どうしてもじゃ」
マダム・ポンフリーは口をキッと結んで、医務室の端にある自分の事務室に向かって大股に歩き、バタンと戸を閉めて出ていった。ファッジはチョッキにぶら下げていた大きな金の懐中時計を見た。
「吸魂鬼がそろそろ着いたころだ。迎えに出なければ。ダンブルドア、上の階でお目にかかろう」
ファッジは医務室の外でスネイプのためにドアを開けて待っていた。しかし、スネイプは動かなかった。
「ブラックの話など、一言も信じてはおられないでしょうな？」
スネイプはダンブルドアを見すえたまま、ささやくように言った。
「わしはハリーとハーマイオニーと三人だけで話したいのじゃ」ダンブルドアがくり返した。
スネイプがダンブルドアのほうに一歩踏み出した。
「シリウス・ブラックは十六の時に、すでに人殺しの能力を現した」

スネイプが息をひそめた。
「お忘れになってはいますまいな、校長？　ブラックがかつて私を殺そうとしたことを、お忘れではありますまい？」
「セブルス、わしの記憶力は、まだおとろえてはおらんよ」ダンブルドアは静かに言った。
スネイプはきびすを返し、ファッジが開けて待っていたドアから肩を怒らせて出ていった。ドアが閉まると、ダンブルドアはハリーとハーマイオニーのほうを向いた。二人が同時に、堰を切ったように話しだした。
「先生、ブラックの言っていることはほんとうです――僕たち、**ほんとうに**ペティグリューを**見たんです**――」
「――ペティグリューはルーピンが狼に変身したときに逃げたんです」
「ペティグリューはネズミです――」
「ペティグリューの前足の鉤爪、じゃなかった、指、それ、自分で切ったんです――」
「ペティグリューがロンを襲ったんです。シリウスじゃありません――」
しかし、ダンブルドアは手を上げて、洪水のような説明を制止した。
「今度は君たちが聞く番じゃ。頼むから、わしの言うことを途中でさえぎらんでくれ。何しろ時間がないのじゃ」静かな口調だった。

「ブラックの言っていることを証明するものは何一つない。君たちの証言だけじゃ――十三歳の魔法使いが二人、何を言おうと、誰も納得はせん。あの通りには、シリウスがペティグリューを殺したと証言する目撃者が、いっぱいいたのじゃ。わし自身、魔法省に、シリウスがポッターの『秘密の守人』だったと証言した」

「ルーピン先生が話してくださいます――」

どうしてもがまんできず、ハリーが口を挟んだ。

「ルーピン先生は今は森の奥深くにいて、誰にも何も話すことができん。再び人間に戻るころにはもう遅過ぎるじゃろう。シリウスは死よりもむごい状態になっておろう。さらに言うておくが、狼人間は我々の仲間うちでは信用されておらんからの。狼人間が支持したところでほとんど役には立たんじゃろ――それに、ルーピンとシリウスは旧知の仲でもある――」

「でも――」

「よくお聞き、ハリー。もう遅過ぎる。わかるかの？　スネイプ先生の語る真相のほうが、君たちの話より説得力があるということを知らねばならん」

「スネイプはシリウスを憎んでいます」ハーマイオニーが必死で訴えた。

「シリウスが自分にばかないたずらを仕掛けたというだけで――」
「シリウスも無実の人間らしいふるまいをしなかった。『太った婦人』を襲った――グリフィンドールにナイフを持って押し入った――生きていても、死んでいても、とにかくペティグリューがいなければ、シリウスに対する判決をくつがえすのは無理というものじゃ」
「でも、ダンブルドア先生は僕たちを信じてくださってます」
「そのとおりじゃ」ダンブルドアは落ち着いていた。
「しかし、わしは、ほかの人間に真実を悟らせる力はないし、魔法大臣の判決をくつがえすことも……」
ハリーはダンブルドアの深刻な顔を見上げ、足元がガラガラと急激に崩れていくような気がした。ダンブルドアなら何でも解決できる、そういう思いに慣れきっていた。ダンブルドアが何にもないところから、驚くべき解決策を引き出してくれると期待していた。それが、ちがう……。最後の望みが消えた。
「必要なのは」
ダンブルドアがゆっくりと言った。そして、明るい青い目がハリーからハーマイオニーへと移った。

「時間じゃ」
「でも――」ハーマイオニーは何か言いかけた。そして、ハッと目を丸くした。
「あっ！」
「さあ、よく聞くのじゃ」ダンブルドアはごく低い声で、しかも、はっきりと言った。
「シリウスは八階のフリットウィック先生の部屋に閉じ込められておる。西塔の右から十三番目の窓じゃ。首尾よく運べば、君たちは、今夜、一つと言わずもっと、罪なきものの命を救うことができるじゃろう。ただし、二人とも、忘れるでないぞ。見られてはならん。ミス・グレンジャー、規則は知っておろうな――どんな危険を冒すのか、君は知っておろう……誰にも――見られては――ならんぞ」
ハリーには何がなんだかわからなかった。ダンブルドアはきびすを返し、ドアのところまで行って振り返った。
「君たちを閉じ込めておこう」ダンブルドアは腕時計を見た。「今は――真夜中五分前じゃ。ミス・グレンジャー、三回ひっくり返せばよいじゃろう。幸運を祈る」
「幸運を祈る？」
ダンブルドアがドアを閉めたあとで、ハリーはくり返した。

「三回ひっくり返す？　いったい、何のことだい？　僕たちに、何をしろって言うんだい？」
しかし、ハーマイオニーはローブのえりのあたりをゴソゴソ探っていた。そして中からとても長くて細い金の鎖を引っ張り出した。
「ハリー、こっちに来て」ハーマイオニーが急き込んで言った。
「早く！」
ハリーはさっぱりわからないまま、ハーマイオニーのそばに行った。ハーマイオニーは鎖を突き出していた。ハリーはその先に、小さなキラキラした砂時計を見つけた。
「さあ――」
ハーマイオニーはハリーの首にも鎖をかけた。
「いいわね？」ハーマイオニーが息を詰めて言った。
「僕たち、何してるんだい？」ハリーにはまったく見当がつかなかった。
ハーマイオニーは砂時計を三回ひっくり返した。
暗い医務室が溶けるようになくなった。ハリーは何だか、とても速く、後ろ向きに飛んでいるような気がした。ぼやけた色や形が、どんどん二人を追い越していく。耳がガンガン鳴った。叫ぼうとしても、自分の声が聞こえなかった――。

やがて固い地面に足が着くのを感じた。するとまた周りのものがはっきり見えだした――。
誰もいない玄関ホールに、ハリーはハーマイオニーと並んで立っていた。正面玄関の扉が開いていて、金色の太陽の光が、流れるように石畳の床に射し込んでいる。ハリーがくるりとハーマイオニーを振り返ると、砂時計の鎖が首に食い込んだ。
「ハーマイオニー、これは――？」
「こっちへ！」
ハーマイオニーはハリーの腕をつかみ、引っ張って玄関ホールを急ぎ足で横切り、箒置き場の前まで連れてきた。箒置き場の戸を開け、バケツやモップの中にハリーを押し込み、そのあとで自分も入って、ドアをバタンと閉めた。
「何が――どうして――ハーマイオニー、いったい何が起こったんだい？」
「時間を逆戻りさせたの」真っ暗な中で、鎖をハリーの首からはずしながら、ハーマイオニーがささやいた。「三時間前まで……」
ハリーは暗い中で自分の脚の見当をつけて、いやというほどつねった。相当痛かった。ということは、奇々怪々な夢を見ているというわけではない。
「でも――」

「シッ！　聞いて！　誰か来るわ！　たぶん――たぶん私たちよ！」
ハーマイオニーは箒置き場の戸に耳を押しつけていた。
「玄関ホールを横切る足音だわ……そう、たぶん、私たちがハグリッドの小屋に行くところよ！」
「つまり」ハリーがささやいた。「僕たちがこの中にいて、しかも外にも僕たちがいるってこと？」
「そうよ」ハーマイオニーの耳はまだ戸に張りついている。
「絶対私たちだわ……あの足音は多くても三人だもの……それに、私たち透明マントをかぶってるから、ゆっくり歩いているし――」
ハーマイオニーは言葉を切って、じっと耳を澄ました。
「私たち、正面の石段を下りたわ……」
ハーマイオニーは逆さにしたバケツに腰かけ、ピリピリ緊張していた。ハリーはいくつか答えが欲しかった。
「その砂時計みたいなもの、どこで手に入れたの？」
「これ、『逆転時計』っていうの」ハーマイオニーが小声で言った。

「これ、今学期、学校に戻ってきた日に、マクゴナガル先生にいただいたの。授業を全部受けるのに、今学期、ずっとこれを使っていたわ。誰にも言わないって、マクゴナガル先生と固く約束したの。先生は魔法省にありとあらゆる手紙を書いて、私のために一個入手してくださったの。私が模範生だから、勉強以外には絶対これを使いませんって、先生は魔法省に、そう言わなければならなかったわ……。私、これを逆転させて、時間を戻していたのよ。だから、同時にいくつもの授業を受けられたの。わかった？　でも……」

「ハリー、ダンブルドアが私たちに何をさせたいのか、私、わからないわ。どうして三時間戻せっておっしゃったのかしら？　それがどうしてシリウスを救うことになるのかしら？」

ハリーは影のようなハーマイオニーの顔を見つめた。

「ダンブルドアが変えたいと思っている何かが、この時間帯に起こったにちがいない」

ハリーは考えながら言った。

「何が起こったかな？　僕たち三時間前に、ハグリッドのところへ向かっていた……」

「今が、その三時間前よ。私たち、たしかに、ハグリッドのところに向かっているわ。たった今、私たちがここを出ていく音を聞いた……」

ハリーは顔をしかめた。精神を集中させ、脳みそを全部しぼりきっているような感じがした。

「ダンブルドアが言った……僕たち、一つと言わずもっと、罪なき命を救うことができるって……」
ハリーはハッと気がついた。
「ハーマイオニー、僕たち、バックビークを救うんだ！」
「でも――それがどうしてシリウスを救うことになるの？」
「ダンブルドアが――窓がどこにあるか、今教えてくれたばかりだ――フリットウィック先生の部屋の窓だ！　そこにシリウスが閉じ込められている！　僕たち、バックビークに乗って、その窓まで飛んでいき、シリウスを救い出すんだよ！　シリウスはバックビークに乗って逃げられる――バックビークと一緒に逃げられるんだ！」
暗くてよくは見えなかったが、ハーマイオニーの顔は、怖がっているようだった。
「そんなこと、誰にも見られずにやりとげたら、奇跡だわ！」
「でも、やってみなきゃ。そうだろう？」ハリーは立ち上がって戸に耳を押しつけた。
「外には誰もいないみたいだ……さあ、行こう……」
ハリーは戸を押し開けた。玄関ホールには誰もいない。できるだけ静かに、急いで、二人は箒置場を飛び出し、石段を下りた。もう影が長く伸び、禁じられた森の木々の梢が、三時間前と同じように金色に輝いていた。

「誰かが窓からのぞいていたら――」
ハーマイオニーが背後の城の窓を見上げて上ずった声を出した。
「全速力で走ろう」ハリーは決然と言った。
「まっすぐ森に入るんだ。いいね？　木の陰か何かに隠れて、様子をうかがうんだ――」
「いいわ。でも温室を回り込んで行きましょう！」ハーマイオニーが息をはずませながら言った。
「ハグリッドの小屋の戸口から見えないようにしなきゃ。じゃないと、私たち、自分たちに見られてしまう！　ハグリッドの小屋に私たちがもう着くころだわ！」
ハーマイオニーの言ったことがよく読み込めないまま、ハリーは全力で走りだした。ハーマイオニーがあとに続いた。野菜畑を突っ切り、温室にたどり着き、その陰で一呼吸入れてから、二人はまた走った。全速力で、暴れ柳をさけながら、隠れ場所となる森までかけ抜けた。
木々の陰に入って安全になってから、ハリーは振り返った。数秒後、ハーマイオニーも息を切らしてハリーのそばにたどり着いた。
「これでいいわ」ハーマイオニーが一息入れた。
「ハグリッドの所まで忍んでいかなくちゃ。見つからないようにね、ハリー……」
二人は森の端を縫うように、こっそりと木々の間を進んだ。やがて、ハグリッドの小屋の戸口が垣間見え、戸をたたく音が聞こえた。二人は急いで太い樫の木の陰に隠れ、幹の両脇からのぞいた。ハグリッドが、青ざめた顔で震えながら、戸口に顔を出し、誰が戸をたたいたのかとそこら中を見回した。そして、ハリーは自分自身の声を聞いた。

「僕たちだよ。透明マントを着てるんだ。中に入れて。そしたらマントを脱ぐから」

「来ちゃなんねえだろうが！」

ハグリッドはそうささやきながらも、一歩下がった。それから急いで戸を閉めた。

「こんなへんてこなこと、僕たち今までやったことないよ！」ハリーが夢中で言った。

「もうちょっと行きましょう」ハーマイオニーがささやいた。

「もっとバックビークに近づかないと！」

二人は木々の間をこっそり進み、かぼちゃ畑の柵につながれて落ち着かない様子のヒッポグリフが見えるところまでやってきた。

「やる？」ハリーがささやいた。

「だめ！」とハーマイオニー。

「今バックビークを連れ出したら、委員会の人たちはハグリッドが逃がしたと思うわ！　外につながれているところを、あの人たちが見るまでは待たなくちゃ！」

「それじゃ、やる時間が六十秒くらいしかないよ」
不可能なことをやっている、とハリーは思いはじめた。
その時、陶器の割れる音が、ハグリッドの小屋から聞こえてきた。
「ハグリッドがミルク入れを壊したのよ」ハーマイオニーがささやいた。「もうすぐ、私がスキャバーズを見つけるわ――」
たしかに、それから数分して、二人はハーマイオニーが驚いて叫ぶ声を聞いた。
「ハーマイオニー」ハリーは突然思いついた。「もし、僕たちが――中に飛び込んで、ペティグリューを取っ捕まえたらどうだろう――」
「だめよ！」ハーマイオニーは震え上がってささやいた。
「わからないの？　私たち、もっとも大切な魔法界の規則を一つ破っているところなのよ！　時間を変えるなんて、誰もやってはいけないことなの。だーれも！　ダンブルドアの言葉を聞いたわね。もし誰かに見られたら――」
「僕たち自身とハグリッドに見られるだけじゃないか！」
「ハリー、あなた、ハグリッドの小屋に自分自身が飛び込んでくるのを見たら、どうすると思う？」

「僕――たぶん気が変になったのかなと思う。でなければ、何か闇の魔術がかかってると思う――」
「そのとおりよ！　事情が理解できないでしょうし、自分自身を襲うこともありうるわ！　わからないの？　マクゴナガル先生が教えてくださったの。魔法使いが時間にちょっかいを出したとき、どんなに恐ろしいことが起こったか……。何人もの魔法使いが、ミスを犯して、過去や未来の自分自身を殺してしまったのよ！」
「わかったよ！　ちょっと思いついただけ。僕、ただ、もしかしたらと――」
しかし、ハーマイオニーはハリーをこづいて、城のほうを指差した。ハリーは首を少し動かして、遠くの正面玄関をよく見ようとした。ダンブルドア、ファッジ、年老いた委員会のメンバー、それに死刑執行人のマクネアが石段を下りてくる。
「まもなく私たちが出てくるわよ！」ハーマイオニーが声をひそめた。
まさに、まもなく、ハグリッドの小屋の裏口が開き、ハリーは自分自身と、ロンとハーマイオニーがハグリッドと一緒に出てくるのを見た。木の陰に立って、かぼちゃ畑の自分自身の姿を見るのは、今まで感じたこともない、まったく奇妙な感覚だった。
「大丈夫だ、ビーキー。大丈夫だぞ……」
ハグリッドがバックビークに話しかけている。それから　ハリー、ロン、ハーマイオニーに向かって「行け。もう行け」と言った。
「ハグリッド、そんなことできないよ――」
「僕たち、ほんとうは何があったのか、あの連中に話すよ――」
「バックビークを殺すなんて、だめよ――」
「行け！　おまえさんたちが面倒なことになったら、ますます困る！」
ハリーが見ていると、かぼちゃ畑のハーマイオニーが透明マントをハリーとロンにかぶせた。
「急ぐんだ。聞くんじゃねえぞ……」
ハグリッドの小屋の戸口をたたく音がした。死刑執行人の一行の到着だ。ハグリッドは振り返り、裏戸を半開きにして小屋の中に入っていった。ハリーには、小屋の周りの草むらがところどころ踏みつけられるのが見えたし、三組の足音が遠のいていくのが聞こえた。自分と、ロンと、ハーマイオニーが行ってしまった……しかし、木々の陰に隠れているほうのハリーとハーマイオニーは小屋の中で起こっていることを、半開きの裏戸を通して聞くことができた。
「獣はどこだ？」マクネアの冷たい声がする。
「外――外にいる」ハグリッドのかすれ声だ。
マクネアの顔がハグリッドの小屋の窓からのぞき、バックビークをじっと見たので、ハリーは見えないように頭を引っ込めた。それからファッジの声が聞こえた。
「ハグリッド、我々は――その――死刑執行の正式な通知を読み上げねばならん。短くすますつもりだ。それから君とマクネアが書類にサインする。マクネア、君も聞くことになっている。それが手続きだ――」
マクネアの顔が窓から消えた。今だ。今しかない。
「ここで待ってて」ハリーがハーマイオニーにささやいた。「僕がやる」
再びファッジの声が聞こえてきたとき、ハリーは木陰から飛び出し、かぼちゃ畑の柵を飛び越え、バックビークに近づいた。
『危険生物処理委員会』は、ヒッポグリフのバックビーク、以後被告と呼ぶ、が、六月六日の日没時に処刑さるべしと決定した――」
瞬きをしないよう注意しながら、ハリーは以前に一度やったように、バックビークの荒々しいオレンジ色の目を見つめ、おじぎした。バックビークはうろこで覆われたひざを曲げていったん身を低くし、また立ち上がった。ハリーはバックビークを柵に縛りつけている綱を解こうとした。
「**……死刑は斬首とし、委員会の任命する執行人、ワルデン・マクネアによって執行され……**」
「バックビーク、来るんだ」ハリーがつぶやくように話しかけた。
「おいで、助けてあげるよ。そーっと……そーっと……」

「以下を証人とす。ハグリッド、ここに署名を……」
ハリーは全体重をかけて綱を引っ張ったが、バックビークは前足で踏ん張った。
「さあ、さっさと片づけましょうぞ」
ハグリッドの小屋から委員会メンバーのひょろひょろした声が聞こえた。
「ハグリッド、君は中にいたほうがよくはないかの――」
「いんや、俺は――俺はあいつと一緒にいたい……あいつをひとりぼっちにはしたくねえ――」
小屋の中から足音が響いてきた。
「バックビーク、動いてくれ！」ハリーが声を殺してうながした。
ハリーはバックビークの首にかかった綱をぐいっと引いた。ヒッポグリフは、いらいらと翼をこすり合わせながら歩きはじめた。森までまだ三メートルはある。ハグリッドの裏戸から丸見えだ。
「マクネア、ちょっと待ちなさい」ダンブルドアの声がした。「君も署名せねば」
小屋の足音が止まった。ハリーが綱をたぐり込むと、バックビークはくちばしをカチカチいわせながら、少し足を速めた。
ハーマイオニーの青い顔が木の陰から突き出ていた。

「ハリー、早く！」ハーマイオニーの口の形がそう言っていた。
ハリーにはダンブルドアが小屋の中でまだ話している声が聞こえていた。もう一度綱をぐいっと引いた。バックビークはあきらめたように早足になった。やっと木立のところに着いた。
「早く！　早く！」
ハーマイオニーが木の陰から飛び出して、うめくように言いながら、自分も手綱を取り、全体重をかけてバックビークをせかした。ハリーが肩越しに振り返ると、もう視界がさえぎられるところまで来ていた。ハグリッドの裏庭はもう見えなくなっていた。
「止まって！」ハリーがハーマイオニーにささやいた。「みんなが音を聞きつけるかも――」
ハグリッドの裏戸がバタンと開いた。ハリー、ハーマイオニー、バックビークはじっと音を立てずにたたずんだ。ヒッポグリフまで耳をそばだてているようだった。
静寂……そして――。
「どこじゃ？」委員会のメンバーのひょろひょろした声がした。
「ここにつながれていたんだ！　俺は見たんだ！　ここだった！」死刑執行人がカンカンに怒った。
「これは異なこと」ダンブルドアが言った。どこかおもしろがっているような声だった。
「ビーキー！」ハグリッドが声をつまらせた。

シュッという音に続いて、ドサッと斧を振り下ろす音がした。死刑執行人がかんしゃくを起こして斧を柵に振り下ろしたらしい。それからほえるような声がした。そして、前のときには聞こえなかったハグリッドの言葉が、すすり泣きにまじって聞こえてきた。

「いない！　いない！　よかった。かわいいくちばしのビーキー、いなくなっちまった！　きっと自分で自由になったんだ！　ビーキー、賢いビーキー！」

バックビークは、ハグリッドのところに行こうとして綱を引っぱりはじめた。ハリーとハーマイオニーは綱を握りなおし、かかとが森の土にめり込むほど足を踏ん張ってバックビークを押さえた。

「誰かが綱を解いて逃がした！」死刑執行人が歯がみした。「探さなければ。校庭や森や――」

「マクネア、バックビークが盗まれたのなら、盗人はバックビークを歩かせて連れていくと思うかね？」

ダンブルドアはまだおもしろがっているような声だった。

「どうせなら、空を探すがよい……ハグリッド、お茶を一杯いただこうかの。ブランデーをたっぷりでもよいの」

「は――はい、先生さま」ハグリッドはうれしくて力が抜けたようだった。

「お入りくだせえ、さあ……」

ハリーとハーマイオニーはじっと耳をそばだてた。足音が聞こえ、死刑執行人がブツブツ悪態をつくのが聞こえ、戸がバタンと閉まり、それから再び静寂が訪れた。

「さあ、どうする？」ハリーが周りを見回しながらささやいた。

「ここに隠れていなきゃ」ハーマイオニーは張りつめているようだった。

「みんなが城に戻るまで待たないといけないわ。それから、バックビークに乗ってシリウスのいる部屋の窓まで飛んでいっても安全だ、という時まで待つの。シリウスはあと二時間ぐらいしないとそこにはいないのよ……ああ、とても難しいことだわ……」

ハーマイオニーは振り返って、こわごわ森の奥を見た。太陽がまさに沈もうとしていた。

「移動しなくちゃ」ハリーはよく考えて言った。「暴れ柳が見えるところにいないといけないよ。じゃないと、何が起こっているのかわからなくなるし」

「オーケー」ハーマイオニーがバックビークの手綱をしっかり握りながら言った。

「でも、ハリー、忘れないで……私たち、誰にも見られないようにしないといけないのよ」

暗闇がだんだん色濃く二人を包む中、二人は森のすそに沿って進み、柳が垣間見える木立の陰に隠れた。

「ロンが来た！」突然ハリーが声を上げた。

黒い影が、芝生を横切ってかけてくる。その声が静かな夜の空気を震わせた。
「スキャバーズから離れろ――離れるんだ――スキャバーズこっちへおいで――」
それから、どこからともなく、もう二人の姿が現れるのが見えた。ハリー自身とハーマイオニーがロンを追ってくる。そしてロンがスライディングするのを見た。
「捕まえた！　とっとと消えろ、いやな猫め――」
「今度はシリウスだ！」ハリーが言った。柳の根元から、大きな犬の姿が躍り出た。犬がハリーを転がし、ロンをくわえるのを二人は見た……。
「ここから見てると、よけいひどく見えるよね？」
ハリーは犬がロンを木の根元に引きずり込むのを眺めながら言った。
「アイタッ――見てよ、僕、今、木になぐられた――君もなぐられたよ――へんてこな気分だ――」
暴れ柳はギシギシときしみ、低いほうの枝を鞭のように動かしていた。二人は自分たち自身が木の幹にたどり着こうとあちこち走り回るのを見ていた。そして、木が動かなくなった。
「クルックシャンクスがあそこで木のこぶを押したんだわ」ハーマイオニーが言った。
「僕たちが入っていくよ……」ハリーがつぶやいた。「僕たち、入ったよ」
みんなの姿が消えたとたん、柳はまた動きだした。その数秒後、二人はすぐ近くで足音を聞いた。ダンブルドア、マクネア、ファッジ、それに年老いた委員会メンバーが城へ戻るところだった。

「私たちが地下通路に降りたすぐあとだわ！　あの時、ダンブルドアが一緒に来てくれてさえいたら……」

ハーマイオニーが言った。

「そしたら、マクネアもファッジも一緒についてきてたよ」ハリーが苦々しげに言った。

「賭けてもいいけど、ファッジは、シリウスをその場で殺せって、マクネアに指示したと思うよ」

四人が城の階段を上って見えなくなるまで、二人は見つめていた。しばらくの間、あたりには誰もいなかった。そして――。

「ルーピンが来た！」ハリーが言った。もう一人誰かの姿が石段を下り、柳に向かって走ってくる。ハリーは空を見上げた。雲が完全に月を覆っている。

ルーピンが折れた枝を拾って、木の幹のこぶをつつくのが見えた。木は暴れるのをやめ、ルーピンもまた木の根元の穴へと消えた。

「ルーピンが『マント』を拾ってくれてたらなぁ。そこに置きっぱなしになってるのに……」

ハリーはそう言うと、ハーマイオニーのほうに向きなおった。
「もし、今僕が急いで走っていってマントを取ってくれれば、スネイプはマントを手に入れることができなくなるし、そうすれば――」
「ハリー、私たち姿を見られてはいけないのよ！」
「君、どうしてがまんできるんだい？」
ハリーは激しい口調でハーマイオニーに言った。
「ここに立って、なるがままに任せて、何にもしないで見てるだけなのかい？」
ハリーはちょっと戸惑いながら言葉を続けた。
「僕、マントを取ってくる！」
「ハリー、だめ！」
ハーマイオニーがハリーのローブをつかんで引き戻した。間一髪。ちょうどその時、大きな歌声が聞こえた。ハグリッドだ。城に向かう道すがら、足もとをふらつかせ、声を張り上げて歌っている。手には大きな瓶をぶらぶらさせていた。
「でしょ？」ハーマイオニーがささやいた。
「どうなってたか、わかるでしょ？　私たち、人に見られてはいけないのよ！　ダメよ、バックビーク！」

ヒッポグリフはハグリッドのそばに行きたくて、必死になっていた。ハリーも手綱をつかみ、バックビークを引き戻そうと引っ張った。二人はハグリッドがほろ酔いの千鳥足で城のほうに行くのを見ていた。ハグリッドの姿が見えなくなった。バックビークは逃げようと暴れるのをやめ、悲しそうにうなだれた。

それからほんの二分もたたないうちに、城の扉が再び開き、スネイプが突然姿を現し、柳に向かって走りだした。

スネイプが木のそばで急に立ち止まり、周りを見回すのを、二人で見つめながら、ハリーは拳を握りしめた。スネイプがマントをつかみ、持ち上げて見ている。

「汚らわしい手でさわるな」ハリーは息をひそめ、歯がみした。

「シッ！」

スネイプはルーピンが柳を固定するのに使った枝を拾い、それで木のこぶを突き、マントをかぶって姿を消した。

「これで全部ね」ハーマイオニーが静かに言った。

「私たち全員、あそこにいるんだわ……さあ、あとは私たちがまた出てくるまで待つだけ……」

ハーマイオニーはバックビークの手綱の端を一番手近の木にしっかり結びつけ、乾いた土の上に腰を下ろし、ひざを抱きかかえた。

「ハリー、私、わからないことがあるの……どうして、吸魂鬼はシリウスを捕まえられなかったのかしら？　私、吸魂鬼がやってくるところまでは覚えてるんだけど、それから気を失ったと思う……ほんとに大勢いたわ……」

ハリーも腰を下ろした。そして自分が見たことを話した。一番近くにいた吸魂鬼がハリーの口元に口を近づけたこと、その時、大きな銀色の何かが、湖のむこうから疾走してきて、吸魂鬼を退却させたこと。

説明し終わったとき、ハーマイオニーの口元がかすかに開いていた。

「でも、それ、何だったの？」

「吸魂鬼を追い払うものは、たった一つしかありえない」ハリーが言った。

「本物の守護霊だ。強力な」

「でも、いったい誰が？」

ハリーは無言だった。湖のむこう岸に見えた人影を、ハリーは思い返していた。あれが誰だと思ったのか、自分ではわかっていた……でも、そんなことがありうるだろうか？

「どんな人だったか見たの？」ハーマイオニーは興味津々で聞いた。
「先生の一人みたいだった？」
「ううん。先生じゃなかった」
「でも、ほんとうに力のある魔法使いにちがいないわ。あんなに大勢の吸魂鬼を追い払うんですもの……守護霊がそんなにまばゆく輝いていたのだったら、その人を照らしたんじゃないの？見えなかったの――？」
「ううん、僕、見たよ」ハリーがゆっくりと答えた。「でも……僕、きっと、思い込んだだけなんだ……混乱してたんだ……そのすぐあとで気を失ってしまったし……」
「**誰だと思ったの？**」
「僕――」
ハリーは言葉をのみ込んだ。言おうとしていることが、どんなに奇妙に聞こえるか、わかっていた。
「僕、父さんだと思った」
ハリーはハーマイオニーをちらりと見た。今度はその口が完全にあんぐり開いていた。ハーマイオニーはハリーを、驚きとも哀れみともつかない目で見つめていた。

「ハリー、あなたのお父さま――あの――お亡くなりになったのよ」ハーマイオニーが静かに言った。
「わかってるよ」ハリーが急いで言った。
「お父さまの幽霊を見たってわけ？」
「わからない……ううん……実物がいるみたいだった……」
「だったら――」
「たぶん、気のせいだ。だけど……僕の見たかぎりでは……父さんみたいだった……僕、写真を持ってるんだ……」
ハーマイオニーは、ハリーがおかしくなったのではないかと心配そうに、見つめ続けていた。
「ばかげてるって、わかってるよ」ハリーはきっぱりと言った。そしてバックビークのほうを見た。バックビークは虫でも探しているのか、土をほじくり返していた。しかし、ハリーはほんとうはバックビークを見ていたのではなかった。
ハリーは父親のこと、一番古くからの三人の友人のことを考えていたのだ……ムーニー、ワームテール、パッドフット、プロングズ……今夜、四人全員が校庭にいたのだろうか？　ワームテールは死んだと、みんなが思っていたのに、今夜現れた――父さんが同じように現れるのが、そんなにありえないことだろうか？　湖のむこうに見たものは幻だったのか？　あまりに遠くて、はっきり姿は見えなかった……でも、一瞬、意識を失う前に、ハリーは確信を持ったのだ……。

頭上の木の葉が、かすかに夜風にそよいだ。月が雲の切れ目から現れては消えた。ハーマイオニーは座ったまま、柳のほうを見て待ち続けた……。

そして、ついに、一時間以上たってから……。

「出てきたわ！」ハーマイオニーがささやいた。

二人は立ち上がった。バックビークは首を上げた。ルーピン、ロン、ペティグリューが根元の穴から、窮屈そうにはい登って出てきた。次は気を失ったままのスネイプが、不気味に漂いながら浮かび上がってきた。そのあとはハリーとハーマイオニー、そしてブラックだ。全員が城に向かって歩きだした。

ハリーの鼓動が速くなった。ちらりと空を見上げた。もう間もなく雲が流れ、月をあらわにする……。

「ハリー」ハーマイオニーがつぶやくように言った。まるでハリーの考えを見抜いたようだった。

「じっとしていなきゃいけないのよ。誰かに見られてはいけないの。私たちにはどうにもできないことなんだから……」

「じゃ、またペティグリューを逃がしてやるだけなんだ……」ハリーは低い声で言った。
「暗闇で、どうやってネズミを探すって言うの？」
ハーマイオニーがピシャリと言った。
「私たちにはどうにもできないことよ！　私たち、シリウスを救うために時間を戻したの。ほかのことはいっさいやっちゃいけないの！」
「わかったよ！」
月が雲の陰からすべり出た。校庭のむこう側で、小さな人影が立ち止まったのが見えた。それから、二人はその影の動きに目をとめた――。
「ルーピンがいよいよだわ」ハーマイオニーがささやいた。「変身している――」
「ハーマイオニー！」ハリーが突然呼びかけた。「行かないと！」
「ダメよ。何度も言ってるでしょ――」
「ちがう。割り込むんじゃない。ルーピンがまもなく森にかけ込んでくる。僕たちのいるところに！」
ハーマイオニーが息をのんだ。
「早く！」大急ぎでバックビークの綱を解きながら、ハーマイオニーがうめいた。

「早く！　どこへ行ったらいいの？　どこに隠れるの？　吸魂鬼がもうすぐやってくるわ――」
「ハグリッドの小屋に戻ろう！　今はからっぽだ――行こう！」
二人は転げるように走り、バックビークがそのあとを悠々と走った。背後から狼人間の遠ぼえが聞こえてきた……。
小屋が見えた。ハリーは戸の前で急停止し、ぐいっと戸を開けた。電光石火、ハーマイオニーとバックビークがハリーの前をかけ抜けて入った。ハリーがそのあとに飛び込み、戸の錠前を下ろした。ボアハウンド犬のファングがほえたてた。
「シーッ、ファング。私たちよ！」
ハーマイオニーが急いで近寄って耳の後ろをカリカリかき、静かにさせた。
「危なかったわ！」ハーマイオニーが言った。
「ああ……」
ハリーは窓から外を見ていた。ここからだと、何が起こっているのか見えにくかった。バックビークはまたハグリッドの小屋に戻れてとてもうれしそうだった。暖炉の前に寝そべり、満足げに翼をたたみ、一眠りしそうな気配だった。
「ねえ、僕、また外に出たほうがいいと思うんだ」ハリーが考えながら言った。「何が起こっているのか、見えないし――いつ行動すべきなのか、これじゃわからない――」

ハーマイオニーが顔を上げた。疑っているような表情だ。

「僕、割り込むつもりはないよ」ハリーが急いで言った。「でも、何が起こっているか見えないと、シリウスをいつ救い出したらいいのかわからないだろ？」

「ええ……それなら、いいわ……。私、ここでバックビークと待ってる……。でも、ハリー、気をつけて――狼人間がいるし――吸魂鬼も――」

ハリーは再び外に出て、小屋に沿って回り込んだ。遠くでキャンキャンという鳴き声が聞こえた。吸魂鬼がシリウスに迫っているということだ……自分とハーマイオニーがもうすぐシリウスのところにかけつけるはずだ……。

ハリーは湖のほうをじっと見た。胸の中で、心臓がドラムの早打ちのように鳴っている。あの守護霊を送り出した誰かが、もうすぐ現れる……。

ほんの一瞬、ハリーは決心がつかず、ハグリッドの小屋の戸の前で立ち止まっていた。姿を見られてはならない。でも、見られたいのではない。自分が見るほうに回りたいのだ……どうしても知りたい……。

でも、吸魂鬼がいる。暗闇の中から湧き出るように、吸魂鬼が四方八方から出てくる。湖の周りをすべるように……しかしハリーが立っているところからは遠ざかるように、湖のむこう岸へと動いている……それならハリーは吸魂鬼に近づかなくてもすむはずだ……。

ハリーは走りだした。父親のことしか頭になかった……。もしあれが父さんだったら……ほんとうに父さんだったら……知りたい、どうしても……。

だんだん湖が近づいてきた。しかし、誰もいる気配がない。むこう岸に、小さな銀色の光が見えた——自分自身が守護霊を出そうとしている——。

水際に木のしげみがあった。ハリーはその陰に飛び込み、木の葉を透かして必死に目を凝らした。むこうでは、かすかな銀色の光がふっと消えた。恐怖と興奮がハリーの体を貫いた——今だ——「早く」ハリーはあたりを見回しながらつぶやいた。

「父さん、どこなの？　早く——」

しかし、誰も現れない。ハリーは顔を上げて、むこう岸の吸魂鬼の輪を見た。一人がフードを脱いだ。救い主が現れるなら今だ——なのに、あの時とちがって、今は誰も来ていない——。

ハリーはハッとした——わかった。父さんを見たんじゃない——自分自身を見たんだ——。

ハリーはしげみの陰から飛び出し、杖を取り出した。

「エクスペクト　パトローナム！」ハリーは叫んだ。

すると、杖の先から、ぼんやりした霞ではなく、目もくらむほどまぶしい、銀色の動物が噴き出した。ハリーは目を細めて、何の動物なのか見ようとした。馬のようだ。暗い湖の面を、むこう岸へと音もなく疾走していく。頭を下げ、群がる吸魂鬼に向かって突進していくのが見える……今度は、地上に倒れている暗い影の周りを、ぐるぐるかけ回っている。吸魂鬼があとずさりしていく。散り散りになり、暗闇の中に退却していく……いなくなった。

守護霊が向きを変えた。静かな水面を渡り、ハリーのほうにゆるやかに走りながら近づいてくる。馬ではない。ユニコーンでもない。牡鹿だった。空にかかる月ほどに、まばゆい輝きを放ち……ハリーのほうに戻ってくる……。

それは、岸辺で立ち止まった。大きな銀色の目でハリーをじっと見つめるその牡鹿は、やわらかな水辺の土に、ひづめの跡さえ残していなかった。それはゆっくりと頭を下げた。角のある頭を。そして、ハリーは気づいた……。

「プロングズ」ハリーがつぶやいた。

震える指で、触れようと手を伸ばすと、それはフッと消えてしまった。

手を伸ばしたまま、ハリーはその場にたたずんでいた。すると、突然背後でひづめの音がして、ハリーは胸を躍らせた——急いで振り返ると、ハーマイオニーが、バックビークを引っ張って、猛烈な勢いでハリーのほうにかけてくる。
「何をしたの？」ハーマイオニーが激しく問い詰めた。
「何が起きているか見るだけだって、あなた、そう言ったじゃない！」
「僕たち全員の命を救っただけだ……。ここに来て――このしげみの陰に――説明するから」
何が起こったのか、話を聞きながら、ハーマイオニーはまたしても口をポカンと開けていた。
「誰かに見られた？」
「ああ。話を聞いてなかったの？　僕が僕を見たよ。でも、僕は父さんだと思ったんだ！　だから大丈夫！」
「ハリー、私、信じられない――あの吸魂鬼を全部追い払うような守護霊を、あなたが創り出したなんて！　それって、とっても、とっても高度な魔法なのよ……」
「僕、できるとわかってたんだ。だって、さっき一度出したわけだから……。僕の言っていること、何か変かなあ？」
「よくわからないわ――ハリー、スネイプを見て！」
しげみの間から、二人はむこう岸をじっと見た。スネイプが意識を取り戻していた。担架を作り、ぐったりしているハリー、ハーマイオニー、ブラックをそれぞれその上に乗せた。四つ目の担架には、当然ロンが乗っているはずだが、すでにスネイプの脇に浮かんでいた。それから、スネイプは杖を前に突き出し、担架を城に向けて運びはじめた。

「さあ、そろそろ時間だわ」ハーマイオニーは時計を見ながら緊張した声を出した。

「ダンブルドアが医務室のドアに鍵をかけるまで、あと四十五分くらいあるわ。シリウスを救い出して、それから、私たちがいないことに誰かが気づかないうちに、医務室に戻っていなければ……」

二人は空行く雲が湖に映るさまを見ながら、ひたすら待った。周りのしげみが夜風にサヤサヤとささやき、バックビークは退屈して、また虫ほじりを始めた。

「シリウスはもう上に行ったと思う？」ハリーが時計を見ながら言った。そして城を見上げ、西の塔の右からの窓の数を数えはじめた。

「見て！」ハーマイオニーがささやいた。「あれ、誰かしら？　お城から誰か出てくるわ！」

ハリーは暗闇を透かして見た。闇の中を、男が一人、急いで校庭を横切り、どこかの門に向かっている。ベルトのところで何かがキラッと光った。

「マクネア！　死刑執行人だ！　吸魂鬼を迎えにいくところだ。今だよ、ハーマイオニー――」

ハーマイオニーがバックビークの背に両手をかけ、ハリーが手を貸してハーマイオニーを押し上げた。それからハリーは潅木の低い枝に足をかけ、ハーマイオニーの前にまたがってバックビークの綱をたぐりよせ、バックビークの首の後ろに一度回してから首輪の反対側に結びつけ、手綱のようにしつらえた。

「いいかい？」ハリーがささやいた。「僕につかまるといい――」

ハリーはバックビークの脇腹をかかとでこづいた。

バックビークは闇を裂いて高々と舞い上がった。ハリーはその脇腹をひざでしっかり挟み、巨大な翼が自分のひざ下で力強く羽ばたくのを感じた。ハーマイオニーはハリーの腰にぴったりしがみついていた。

「ああ、ダメ――これ、いやよ――ああ、私、ほんとに、これ、いやだわ――」

ハーマイオニーがそうつぶやくのが聞こえた。

ハリーはバックビークをかり立てた。音もなく、二人は城の上階へと近づいていた……。手綱の左側をぐいっと引くと、バックビークが向きを変えた。ハリーは次々とそばを通り過ぎる窓を数えようとした――。

「ドウドウ！」ハリーは力のかぎり手綱を引きしめた。

バックビークは速度を落とし、二人は空中で停止した。もっとも、空中に浮かんでいられるようにバックビークが翼を羽ばたかせ、そのたびに上に下にと、一、二メートル揺らいでいた。
「あそこだ！」窓に沿って上に浮き上がったときに、ハリーはシリウスを見つけた。バックビークの翼が下がったとき、ハリーは手を伸ばし、窓ガラスを強くたたくことができた。
ブラックが顔を上げた。あっけに取られて口を開くのが見えた。ブラックははじけるように椅子から立ち上がり、窓際にかけ寄って開けようとしたが、鍵がかかっていた。
「さがって！」ハーマイオニーがブラックに呼びかけ、杖を取り出した。左手でしっかりとハリーのローブをつかまえたままだ。
「アロホモラ！」
窓がパッと開いた。
「ど――どうやって――？」ブラックはヒッポグリフを見つめながら、声にならない声で聞いた。
「乗って――時間がないんです」
ハリーはバックビークのなめらかな首の両脇をしっかりと押さえつけ、その動きを安定させた。
「ここから出ないと――吸魂鬼がやってきます。マクネアが呼びに行きました」
ブラックは窓枠の両端に手をかけ、窓から頭と肩とを突き出した。やせ細っていたのが幸いだった。すぐさま、ブラックは片脚をバックビークの背中にかけ、ハーマイオニーの後ろにまたがった。

「よーし、バックビーク、上昇！」ハリーは手綱を一振りした。「塔の上まで――行くぞ！」

ヒッポグリフはその力強い翼を大きく羽ばたかせ、西の塔のてっぺんまで、三人は再び高々と舞い上がった。バックビークは軽い爪音を立てて胸壁に囲まれた塔頂に降り立ち、ハリーとハーマイオニーはすぐさまその背中からすべり降りた。

「シリウス、もう行って。早く」

息を切らしながらハリーが言った。

「みんながまもなくフリットウィック先生の部屋にやってくる。あなたがいないことがわかってしまう」

バックビークは首を激しく振り、石の床に爪を立てて引っかいていた。

「もう一人の子は、ロンはどうした？」シリウスが急き込んで聞いた。

「大丈夫。――まだ気を失ったままですけど、マダム・ポンフリーが、治してくださるって言いました。早く――行って！」

しかし、ブラックはまだじっとハリーを見下ろしたままだった。

「何と礼を言ったらいいのか――」

「行って！」ハリーとハーマイオニーが同時に叫んだ。
ブラックはバックビークを一回りさせ、空のほうに向けた。
「また会おう」ブラックが言った。「君は――ほんとうに、お父さんの子だ。ハリー……」
ブラックはバックビークの脇腹をかかとでしめた。巨大な両翼が再び振り上げられ、ハリーとハーマイオニーは飛びのいた……ヒッポグリフが飛翔した……乗り手とともに、ヒッポグリフの姿がだんだん小さくなっていくのを、ハリーはじっと見送った。……やがて雲が月にかかった……二人は行ってしまった。

第22章　再びふくろう便

「ハリー！」

ハーマイオニーが時計を見ながらハリーのそでを引っ張った。

「誰にも見つからずに医務室まで戻るのに、十分きっかりしかないわ――ダンブルドアがドアに鍵をかける前に――」

「わかった」食い入るように空を見つめていたハリーが、やっと目を離した。「行こう……」

背後のドアからすべり込み、二人は石造りの急ならせん階段を下りた。階段を下りきったところで人声がした。二人は壁にぴったりと身をよせて耳を澄ました。ファッジとスネイプのようだ。階段下の廊下を、早足で歩いている。

「……ダンブルドアが四の五の言わぬよう願うのみで」スネイプだ。『接吻』はただちに執行されるのでしょうな？」

「マクネアが吸魂鬼を連れてきたらすぐにだ。このブラック事件は、始めから終わりまで、まったく面目丸つぶれだった。魔法省がやつをついに捕まえた、と『日刊予言者新聞』に知らせてやるのが、私としてもどんなに待ち遠しいか……スネイプ、新聞が君の記事を欲しがると、私はそう思うがね。……それに、あの少年、ハリーが正気に戻れば、『予言者新聞』に、君がまさにどんなふうに自分を助け出したか、話してくれることだろう……」

ハリーは歯を食いしばった。スネイプとファッジが二人の隠れている場所を通り過ぎるとき、スネイプがニンマリしているのがちらりと見えた。二人の足音が遠ざかった。ハリーとハーマイオニーは、ちょっと間をおいて、二人が完全にいなくなったのをたしかめ、それから、二人と反対の方向に走りだした。階段を一つ下り、二つ下り、また別の廊下を走り――その時、前方で、クァックァッと高笑いが聞こえた。

「ピーブズだ！」

ハリーはそうつぶやくなり、ハーマイオニーの手首をつかまえた。

「ここに入って！」

二人は左側の、誰もいない教室に大急ぎで飛び込んだ。間一髪だった。ピーブズは上機嫌で、大笑いしながら、廊下をプカプカ移動中らしい。

「なんていやなやつ」

ハーマイオニーがドアに耳を押しつけながら、小声で言った。
「吸魂鬼がシリウスを処分するっていうんで、あんなに興奮してるのよ……」
ハーマイオニーが時計をたしかめた。
「あと三分よ、ハリー！」
二人はピーブズのさもご満悦な声が遠くに消えるのを待って、部屋からそっと抜け出し、また全速力で走りだした。
「ハーマイオニー――ダンブルドアが鍵をかける前に――もし医務室に戻らなかったら――どうなるんだい？」
ハリーがあえぎながら聞いた。
「考えたくもないわ！」
ハーマイオニーがまた時計を見ながらうめくように言った。
「あと一分！」
二人は医務室に続く廊下の端にたどり着いた。
「オッケーよ――ダンブルドアの声が聞こえるわ」ハーマイオニーは緊張していた。
「ハリー、早く！」

二人は廊下をはうように進んだ。ドアが開いた。ダンブルドアの背中が現れた。
「君たちを閉じ込めておこう」ダンブルドアの声だ。
「今は、真夜中五分前じゃ。ミス・グレンジャー、三回ひっくり返せばよいじゃろう。幸運を祈る」
ダンブルドアが後ろ向きに部屋を出てきて、ドアを閉め、杖を取り出して、あわや魔法で鍵をかけようとした。大変だ。ハリーとハーマイオニーが前に飛び出した。顔を上げたダンブルドアの長い銀色の口ひげの下に、ニッコリと笑いが広がった。
「さて？」ダンブルドアが静かに聞いた。
「やりました！」ハリーが息せき切って話した。
「シリウスは行ってしまいました。バックビークに乗って……」
ダンブルドアは二人にニッコリほほ笑んだ。
「ようやった。さてと――」
ダンブルドアは部屋の中の音に耳を澄ました。
「よかろう。二人とも出ていったようじゃ。中にお入り――わしが鍵をかけよう――」
ハリーとハーマイオニーは医務室に戻った。ロン以外は誰もいない。ロンは一番端のベッドでまだ身動きもせず横たわっている。背後でカチャッと鍵がかかる音がしたときには、二人はベッドにもぐり込み、ハーマイオニーは「逆転時計」をローブの下にしまい込んでいた。次の瞬間、マダム・ポンフリーが事務室から出てきて、つかつかとこちらにやってきた。

「校長先生がお帰りになったような音がしましたけど？　これで私の患者さんの面倒を見させていただけるんでしょうね？」

ひどくご機嫌斜めだった。ハリーとハーマイオニーは、差し出されるチョコレートをだまって食べたほうがよさそうだと思った。マダム・ポンフリーは二人を見下ろすように立ちはだかり、二人が食べるのをたしかめていた。しかし、チョコはほとんどハリーののどを通らなかった。ハリーもハーマイオニーも、神経をピリピリさせ、耳をそばだてて、じっと待っていたのだ。すると、二人がマダム・ポンフリーの差し出す四個目のチョコレートを受け取ったちょうどその時、遠く上のほうから怒り狂ううなり声がこだまのように聞こえてきた。

「何かしら？」マダム・ポンフリーが驚いて言った。

怒声が聞こえた。だんだん大きくなってくる。マダム・ポンフリーがドアを見つめた。

「まったく――全員を起こすつもりなんですかね！　いったい何のつもりでしょう？」

ハリーは何を言っているのか聞き取ろうとした。声の主たちが近づいてくる――。

「きっと『姿くらまし』を使ったのだろう、セブルス。誰か一緒に部屋に残しておくべきだった。こんなことがもれたら――」

「**ヤツは断じて『姿くらまし』をしたのではない！**」

スネイプがほえている。今やすぐそこまで来ている。

「**この城の中では『姿くらまし』も『姿あらわし』もできないのだ！　これは――断じて――何か――ポッターが――からんでいる！**」

「セブルス――落ち着くのじゃ――ハリーは閉じ込められておる――」

バーン！

医務室のドアが猛烈な勢いで開いた。

ファッジ、スネイプ、ダンブルドアがつかつかと中に入ってきた。ダンブルドアだけが涼しい顔だ。むしろかなり楽しんでいるようにさえ見えた。ファッジは怒っているようだった。スネイプは逆上していた。

「**白状しろ、ポッター！**」スネイプがほえた。「**いったい何をした？**」

「スネイプ先生！」マダム・ポンフリーが金切り声を上げた。

「場所をわきまえていただかないと！」

「スネイプ、まあ、無茶を言うな」ファッジだ。「ドアには鍵がかかっていた。今見たとおり――」

「こいつらがヤツの逃亡に手を貸した。わかっているぞ！」

スネイプはハリーとハーマイオニーを指差し、わめいた。顔はゆがみ、口角泡を飛ばして叫んでいる。

「いいかげんに静まらんか！」ファッジが大声を出した。「つじつまの合わんことを！」

「閣下はポッターをご存じない！」

スネイプの声が上ずった。

「こいつがやったんだ。わかっている。こいつがやったんだ――」

「もう充分じゃろう、セブルス」

ダンブルドアが静かに言った。

「自分が何を言っているのか、考えてみるがよい。わしが十分前にこの部屋を出たときから、このドアにはずっと鍵がかかっていたのじゃ。マダム・ポンフリー、この子たちはベッドを離れたかね？」

「もちろん、離れていませんわ！」

マダム・ポンフリーが眉を吊り上げた。

「校長先生が出てらしてから、私、ずっとこの子たちと一緒におりました！」
「ほーれ、セブルス、聞いてのとおりじゃ」
ダンブルドアが落ち着いて言った。
「ハリーもハーマイオニーも同時に二か所に存在することができるというのなら別じゃが。これ以上二人をわずらわすのは、何の意味もないと思うがの」
ぐらぐら煮えたぎらんばかりのスネイプは、その場に棒立ちになり、まずファッジを、そしてダンブルドアをにらみつけた。ファッジはキレたスネイプに完全にショックを受けたようだったが、ダンブルドアはめがねの奥でキラキラといたずらっぽく目を輝かせていた。スネイプはくるりと背を向け、ローブをシュッとひるがえし、医務室から嵐のように出ていった。
「あの男、どうも精神不安定じゃないかね」
スネイプの後ろ姿を見つめながら、ファッジが言った。
「私が君の立場なら、ダンブルドア、目を離さないようにするがね」
「いや、不安定なのではない」ダンブルドアが静かに言った。「ただ、ひどく失望して、打ちのめされておるだけじゃ」
「それは、あの男だけではないわ！」

ファッジが声を荒らげた。

「『日刊予言者新聞』はお祭り騒ぎだろうよ！　わが省はブラックを追い詰めたが、やつはまたしても、わが指の間からこぼれ落ちていきおった！　あとはヒッポグリフの逃亡の話がもれれば、ネタは充分だ。私は物笑いの種になる！　さてと……もう行かなければ。省のほうに知らせないと……」

「それで、吸魂鬼は？」ダンブルドアが聞いた。「学校から引き揚げてくれるのじゃろうな？」

「ああ、そのとおり。連中は出ていかねば」

ファッジはほかのことに気をとられているように指で髪をかきむしりながら言った。

「罪もない子どもに『接吻』を執行しようとするとは、夢にも思わなかった……まったく手におえん……まったくいかん。今夜にもさっさとアズカバンに送り返すよう指示しよう。ドラゴンに校門を護らせることを考えてはどうだろうね……」

「ハグリッドが喜ぶことじゃろう」

ダンブルドアはハリーとハーマイオニーにちらっと笑いかけた。ダンブルドアがファッジと医務室を出ていくと、マダム・ポンフリーがドアのところに飛んでいき、また鍵をかけた。そして、一人で怒ったようにブツブツ言いながら、事務室へと戻っていった。

医務室のむこう端から、低いうめきが聞こえた。ロンが目を覚ましたのだ。ベッドに起き上がり、頭をかきながら、周りを見回している。

「ど――どうしちゃったんだろ？」ロンがうめいた。「ハリー？　僕たちどうしてここにいるの？　シリウスはどこだい？　ルーピンは？　何があったの？」

ハリーとハーマイオニーは顔を見合わせた。

「君が説明してあげて」

そう言って、ハリーはまた少しチョコレートをほおばった。

ハリー、ロン、ハーマイオニーは翌日の昼に退院したが、その時、城にはほとんど誰もいなかった。うだるような暑さの上、試験が終わったとなれば、みんなホグズミード行きを充分に楽しんでいるというわけだ。しかし、ロンもハーマイオニーも出かける気になれず、ハリーと三人で校庭をぶらぶら歩きながら、昨晩の大冒険を語り合った。そして、シリウスやバックビークは今ごろどこだろうと思案をめぐらせた。湖のそばに座り、大イカが水面で悠々と触手をなびかせているのを眺めていたハリーは、ふとむこう岸に目をやり、会話の流れを見失った。牡鹿があそこからハリーのほうにかけ寄ってきたのは、ほんのきのうの夜のことだった……。

三人の上を影がよぎった。見上げると、目をとろんとさせたハグリッドが、テーブルクロスほどあるハンカチで顔の汗をぬぐいながら、ニッコリ見下ろしていた。
「喜んでちゃいかんのだとは思うがな、何せ、昨晩あんなことがあったし」
ハグリッドが言った。
「いや、つまり、ブラックがまた逃げたり何だりで――だがな、知っとるか？」
「なーに？」三人ともいかにも聞きたいふりをした。
「ビーキーよ！　逃げおった！　あいつは自由だ！　一晩中お祝いしとったんだ！」
「すごいじゃない！」ハーマイオニーは、ロンが今にも笑いだしそうな顔をしたので、とがめるような目でロンを見ながら、あいづちを打った。
「ああ……ちゃんとつないどかなかったんだな」
ハグリッドは校庭のむこうのほうをうれしそうに眺めた。
「だがな、朝になって心配になった……もしかして、ルーピン先生に校庭のどっかで出くわさなんだろうかってな。だが、ルーピンはきのうの晩は、何にも食ってねえって言うんだ……」
「何だって？」ハリーがすぐさま聞いた。
「なんと、まだ聞いとらんのか？」

ハグリッドの笑顔がふと陰った。周りに誰もいないのに、ハグリッドは声を落とした。
「アー――スネイプが今朝、スリザリン生全員に話したんだ……俺は、もうみんなに知られっちまったと思っていたんだが……ルーピン先生は狼人間だ、とな。それにきのうの晩は、ルーピンは野放し状態だった、とな。今ごろ荷物をまとめとるよ。当然」
「荷物をまとめてるって？」ハリーは驚いた。「どうして？」
「いなくなるんだ。そうだろうが？」
そんなことを聞くのがおかしいという顔でハグリッドが答えた。
「今朝一番で辞めた。またこんなことがあっちゃなんねえって、言うとった」
ハリーはあわてて立ち上がった。
「僕、会いにいってくる」ハリーがロンとハーマイオニーに言った。
「でも、もし辞任したんなら――」
「――もう私たちにできることはないんじゃないかしら――」
「かまうもんか。それでも僕、会いたいんだ。あとでここで会おう」
ルーピンの部屋のドアは開いていた。ほとんど荷造りがすんでいる。水魔の水槽がからっぽになっていて、そのそばに使い古されたスーツケースがふたを開けたまま、ほとんどいっぱいになって置いてあった。ルーピンは机に覆いかぶさるようにして何かしていたが、ハリーのノックで初めて顔を上げた。

「君がやってくるのが見えたよ」

ルーピンがほほ笑みながら、今まで熱心に見ていた羊皮紙を指差した。忍びの地図だ。

「今、ハグリッドに会いました。先生がお辞めになったって言ってました。うそでしょう？」

「いや、ほんとうだ」

ルーピンは机の引き出しを開け、中身を取り出しはじめた。

「どうしてなんですか？　魔法省は、まさか先生がシリウスの手引きをしたなんて思っているわけじゃありませんよね？」

ルーピンはドアまで歩いてって、ハリーの背後でドアを閉めた。

「いいや。私が君たちの命を救おうとしていたのだと、ダンブルドア先生がファッジを納得させてくださった」

ルーピンはため息をついた。

「セブルスはそれでプッツンとキレた。マーリン勲章をもらいそこねたのが痛手だったのだろう。

そこで、セブルスは――その――ついうっかり、今日の朝食の席で、私が狼人間だともらしてしまった」

「たったそれだけでお辞めになるなんて！」

ルーピンは自嘲的な笑いを浮かべた。

「明日の今ごろには、親たちからのふくろう便が届きはじめるだろう――ハリー、誰も自分の子供が、狼人間に教えを受けることなんて望まないんだよ。それに、昨夜のことがあって、私も、そのとおりだと思う。君たちの誰かをかんでいたかもしれないんだ……こんなことは二度と起こってはならない」

「先生は今までで最高の『闇の魔術に対する防衛術』の先生です！　行かないでください」

ルーピンは首を振り、何も言わなかった。そして引き出しの中を片づけ続けた。ハリーが、どう説得したらルーピンを引き止められるかと、あれこれ考えていると、ルーピンが言った。

「校長先生が今朝、私に話してくれた。ハリー、君は昨夜、ずいぶん多くの命を救ったそうだね。私に誇れることがあるとすれば、それは、君がそれほど多くを学んでくれたということだ。君の守護霊のことを話しておくれ」

「どうしてそれをご存じなんですか？」ハリーは気をそらされた。

「それ以外、吸魂鬼を追い払えるものがあるかい？」
何が起こったのか、ハリーはルーピンに話した。話し終えたとき、ルーピンがまたほほ笑んだ。
「そうだ。君のお父さんは、いつも牡鹿に変身した。君の推測どおりだ……だから私たちはプロングズと呼んでいたんだよ」
ルーピンは最後の数冊の本をスーツケースに放り込み、引き出しを閉め、ハリーのほうに向きなおった。
「さあ――昨夜、『叫びの屋敷』からこれを持ってきた」
ルーピンはそう言うとハリーに透明マントを返した。
「それと……」ちょっとためらってから、ルーピンは忍びの地図も差し出した。
「私はもう、君の先生ではない。だから、これを君に返しても別に後ろめたい気持ちはない。私には何の役にも立たないものだ。それに、君とロンとハーマイオニーなら、使い道を見つけることだろう」
ハリーは地図を受け取ってニヤッとした。
「ムーニー、ワームテール、パッドフット、プロングズなら僕を学校から誘い出したいと思っただろうって、先生はそうおっしゃいました……おもしろがってそうするだろうって」

「ああ、そのとおりだったろうね」ルーピンは、もうかばんを閉めようとしていた。
「ジェームズだったら、自分の息子が、この城を抜け出す秘密の通路を一つも知らずに過ごしたなんてことになったら、大いに失望しただろう。これはまちがいなく言える」
ドアをノックする音がした。ハリーは急いで忍びの地図と透明マントをポケットに押し込んだ。
ダンブルドア先生だった。ハリーがいるのを見ても驚いた様子もない。
「リーマス、門のところに馬車が来ておる」
「校長、ありがとうございます」
ルーピンは古ぼけたスーツケースと空になった水魔の水槽を取り上げた。
「それじゃ――さよなら、ハリー」ルーピンがほほ笑んだ。
「君の先生になれてうれしかったよ。またいつかきっと会える。校長、門までお見送りいただかなくて結構です。一人で大丈夫です……」
ハリーは、ルーピンが一刻も早く立ち去りたがっているような気がした。
「それでは、さらばじゃ、リーマス」
ダンブルドアが重々しく言った。ルーピンは水魔の水槽を少し脇によけてダンブルドアと握手できるようにした。最後にもう一度ハリーに向かってうなずき、ちらりと笑顔を見せて、ルーピンは部屋を出ていった。

ハリーは主のいなくなった椅子に座り、ふさぎ込んで床を見つめていた。ドアが閉まる音が聞こえて見上げると、ダンブルドアがまだそこにいた。

「どうしたね？　そんなに浮かない顔をして」ダンブルドアが静かに言った。

「昨夜のあとじゃ。自分を誇りに思ってよいのではないかの」

「何にもできませんでした」

ハリーは苦いものをかみしめるように言った。

「ペティグリューは逃げてしまいました」

「何にもできなかったとな？」ダンブルドアの声は静かだ。

「ハリー、それどころか大きな変化をもたらしたのじゃよ。君は、真実を明らかにするのを手伝った。一人の無実の男を、恐ろしい運命から救ったのじゃ」

——**恐ろしい**。何かがハリーの記憶を刺激した。**以前よりさらに偉大に、より恐ろしく……**トレローニー先生の予言だ！

「ダンブルドア先生——きのう、『占い学』の試験を受けていたときに、トレローニー先生がとっても——とっても変になったんです」

「ほう？」ダンブルドアが言った。「あー――いつもよりもっと変にということかな？」

「はい……声が太くなって、目が白目になって、こう言ったんです……今夜、真夜中になる前、その召使いは自由の身となり、ご主人さまのもとに馳せ参ずるであろう……こうも言いました。闇の帝王は、召使いの手を借り、再び立ち上がるであろう」

ハリーはダンブルドアをじっと見上げた。

「それから先生はまた、普通というか、元に戻ったんです。しかも自分が言ったことを何も覚えてなくて。あれは――あれは先生がほんとうの予言をしたんでしょうか？」

ダンブルドアは少し感心したような顔をした。

「これは、ハリー、トレローニー先生はもしかしたら、もしかしたのかもしれんのう」

ダンブルドアは考え深げに言った。

「こんなことが起ころうとはのう。これでトレローニー先生のほんとうの予言は全部で二つになった。給料を上げてやるべきかの……」

「でも――」ハリーはあっけにとられてダンブルドアを見た。どうしてダンブルドアはこんなに平静でいられるんだろう？

「でも――シリウスとルーピン先生がペティグリューを殺そうとしたのに、僕が止めたんです！

もし、ヴォルデモートが戻ってくるとしたら、僕の責任です！」

「いや、そうではない」ダンブルドアが静かに言った。

「『逆転時計』の経験で、ハリー、君は何かを学ばなかったかね？　我々の行動の因果というものは、常に複雑で、多様なものじゃ。だから、未来を予測するというのは、まさに非常に難しいことなのじゃよ……。トレローニー先生は――おお、先生に幸いあれかし――その生き証人じゃ。君は実に気高いことをしたのじゃ。ペティグリューの命を救うという」

「でも、それがヴォルデモートの復活につながるとしたら！――」

「ペティグリューは君に命を救われ、恩を受けた。君は、ヴォルデモートのもとに、君に借りのある者を腹心として送り込んだのじゃ。魔法使いが魔法使いの命を救うとき、二人の間にある種の絆が生まれる……。ヴォルデモートがはたして、ハリー・ポッターに借りのある者を、自分の召使いとして望むかどうか疑わしい。わしの考えはそう外れてはおらんじゃろ」

「僕、ペティグリューとの絆なんて、欲しくない！　あいつは僕の両親を裏切った！」

「これはもっとも深遠で不可解な魔法じゃよ。ハリー、わしを信じるがよい……いつか必ず、ペティグリューの命を助けてほんとうによかったと思う日が来るじゃろう」

ハリーにはそんな日が来るとは思えなかった。ダンブルドアはそんなハリーの思いを見透しているようだった。
「ハリー、わしは君の父君をよう知っておる。ホグワーツ時代もそのあともな」
ダンブルドアがやさしく言った。
「君の父君も、きっとペティグリューを助けたにちがいない。わしには確信がある」
ハリーは目を上げた。ダンブルドアなら笑わないだろう――ダンブルドアになら話せる……。
「きのうの夜……僕、守護霊を創り出したのは、父さんだと思ったんです。あの、湖のむこうに僕自身の姿を見たときのことです……僕、父さんの姿を見たと思ったんです」
「無理もない」ダンブルドアの声はやさしかった。
「もう聞きあきたかもしれんがの、君は驚くほどジェームズに生き写しじゃ。ただ、君の目だけは……母君の目じゃ」
ハリーは頭を振ってつぶやいた。
「あれが父さんだと思うなんて、僕、どうかしてた。だって、父さんは死んだってわかっているのに」
「愛する人が死んだとき、その人は永久に我々のそばを離れると、そう思うかね？　大変な状況にあるとき、いつにも増して鮮明に、その人たちのことを思い出しはせんかね？　君の父君は、君の中に生きておられるのじゃ、ハリー。そして、君がほんとうに父親を必要とするときに、もっともはっきりとその姿を現すのじゃ。そうでなければ、どうして君が、**あの特別な**守護霊を創り出すことができたじゃろう？　プロングズは昨夜、再びかけつけたのじゃ」

ダンブルドアの言うことをのみ込むのに、一時が必要だった。

「シリウスが、昨夜、あの者たちがどんなふうにして『動物もどき』になったか、すべて話してくれたよ」

ダンブルドアはほほ笑んだ。

「まことにあっぱれじゃ――わしにも内緒にしていたとは、ことに上出来じゃ。そこでわしは、君の創り出した守護霊が、クィディッチのレイブンクロー戦でミスター・マルフォイを攻撃したときのことを思い出しての。あの守護霊は非常に独特の形をしておったのう。そうじゃよ、ハリー、君は昨夜、父君に会ったのじゃ……君の中に、父君を見つけたのじゃよ」

ダンブルドアは部屋を出ていった。どう考えてよいのか混乱しているハリーを一人あとに残して。

シリウス、バックビーク、ペティグリューが姿を消した夜に、何が起こったのか、ハリー、ロン、ハーマイオニー、ダンブルドア校長以外には、ホグワーツの中で真相を知るものは誰もいなかった。学期末が近づき、ハリーはあれこれとたくさんの憶測を耳にしたが、どれ一つとして真相に迫るものはなかった。

マルフォイはバックビークのことで怒り狂っていた。ハグリッドが何らかの方法で、ヒッポグリフをこっそり安全なところに運んだにちがいないと確信し、あんな森番に自分や父親が出し抜かれたことがしゃくの種らしかった。一方パーシー・ウィーズリーはシリウスの逃亡について雄弁だった。

「もし僕が魔法省に入省したら、『魔法警察庁』についての提案がたくさんある！」

たった一人の聞き手――ガールフレンドのペネロピーに、そうぶち上げていた。

天気は申し分なし、学校の雰囲気も最高、その上、シリウスを自由の身にするのに、自分たちがどんなに不可能に近いことをやり遂げたかもよくわかってはいたが、ハリーはこれまでになく落ち込んだムードで学期末を迎えようとしていた。

ルーピン先生がいなくなってがっかりしたのはハリーだけではなかった。「闇の魔術に対する防衛術」でハリーと同じクラスだった全生徒が、ルーピンが辞めたことでみじめな気持ちになっていた。

「来年はいったい誰が来るんだろ？」シェーマス・フィネガンも落ち込んでいた。

「吸血鬼じゃないかな」ディーン・トーマスは、そのほうがありがたいと言わんばかりだ。

ルーピン先生がいなくなったことだけが、ハリーの心を重くしていたわけではない。ともすると、ついトレローニー先生の予言を考えてしまうのだった。いったいペティグリューは今ごろどこにいるのだろう。ヴォルデモートのそばで、もう安全な隠れ家を見つけてしまったのだろうか。そんな思いが頭を離れない。

しかし、一番の落ち込みの原因は、ダーズリー一家のもとに帰るという思いだった。ほんの小半時、あの輝かしい三十分の間だけ、ハリーはこれからシリウスと暮らすのだと信じていた……両親の親友と一緒に……ほんとうの父親が戻ってくることの次にすばらしいことだ。

シリウスからの便りはなく、便りのないのは無事な証拠だし、うまく隠れているからなのだとは思ったが、もしかしたら持てたかもしれない家庭のことを考えると、そして今やそれが不可能になったことを思うと、ハリーはみじめな気持ちになるのだった。

学期の最後の日に、試験の結果が発表された。ハリー、ロン、ハーマイオニーは全科目合格だった。「魔法薬学」もパスしたのにはハリーも驚いた。ダンブルドアが中に入って、スネイプが故意にハリーを落第させようとしたのを止めたのではないかと、ハリーはピンときた。この一週間のスネイプのハリーに対する態度は、鬼気迫るものがあった。ハリーに対する嫌悪感がこれまでより増すことなど不可能だと思っていたのに、大ありだった。ハリーを見るたびに、スネイプの薄い唇の端の筋肉がヒクヒク不快なけいれんを起こし、まるでハリーの首をしめたくて指がむずむずしているかのように、しょっちゅう指を曲げ伸ばししていた。

パーシーはN・E・W・Tテストで一番の成績だったし、フレッドとジョージはそれぞれ、O・W・Lテストでかなりの科目をすれすれでパスした。一方グリフィンドール寮は、おもにクィディッチ優勝戦の目覚ましい成績のおかげで、三年連続で寮杯を獲得した。そんなこんなで、学期末の宴会は、グリフィンドール色の真紅と金色の飾りに彩られ、グリフィンドールのテーブルはみんながお祝い気分で、一番にぎやかだった。ハリーでさえ、次の日にダーズリーのところへ帰ることも忘れ、みんなと一緒に、大いに食べ、飲み、語り、笑い合った。

翌朝、ホグワーツ特急がホームから出発した、ハーマイオニーがハリーとロンに驚くべきニュースを打ち明けた。

「私、今朝、朝食の前にマクゴナガル先生にお目にかかったの。『マグル学』をやめることにしたわ」
「だって、君、百点満点の試験に三百二十点でパスしたじゃないか！」ロンが言った。
「そうよ」ハーマイオニーがため息をついた。
「でも、また来年、今年みたいになるのには耐えられない。あの『逆転時計』、あれ、私、気が狂いそうだった。返したわ。『マグル学』と『占い学』を落とせば、また普通の時間割になるの」
「君が僕たちにもそのことを言わなかったなんて、いまだに信じられないよ」
ロンがふくれっ面をした。
「僕たち、君の友達じゃないか」
「誰にも言わないって約束したの」
ハーマイオニーがきっぱり言った。それからハリーのほうを見た。ハリーは、ホグワーツが山の陰に入って見えなくなるのを見つめていた。この次に目にするまで、丸二か月もある……。
「ねえ、ハリー、元気を出して！」ハーマイオニーもさびしそうだった。
「僕、大丈夫だよ」ハリーが急いで答えた。「休暇のことを考えてただけさ」
「ウン、僕もそのことを考えてた」ロンが言った。「ハリー、絶対に僕たちのところに来て、泊まってよ。僕、パパとママに話して準備して、それから話電する。話電の使い方がもうわかったから――」

「ロン、電話よ」ハーマイオニーが言った。

「まったく、あなたこそ来年『マグル学』を取るべきだわ……」

ロンは知らんぷりだった。

「今年の夏はクィディッチのワールド・カップだぜ！　どうだい、ハリー？　泊まりにおいでよ。一緒に見にいこう！　パパ、たいてい役所から切符が手に入るんだ」

この提案は、効果てきめんで、ハリーは大いに元気づいた。

「ウン……ダーズリー家じゃ、喜んで僕を追い出すよ……特にマージおばさんのことがあったあとだし……」

ずいぶん気持ちが明るくなり、ハリーはロン、ハーマイオニーと何回か「爆発スナップ・ゲーム」に興じた。やがて、いつもの魔女がワゴンを引いてきたので、ハリーは盛りだくさんのランチを買い込んだ。ただし、いっさいチョコレート抜きだった。

午後も遅い時間になって、ハリーにとってほんとうに幸せな出来事が起こった……。

「ハリー」ハリーの肩越しに何かを見つめながら、ハーマイオニーが突然言った。

「そっちの窓の外にいるもの、何かしら？」

ハリーは振り向いて窓の外を見た。何か小さくて灰色のものが窓ガラスのむこうでピョコピョコ見え隠れしている。立ち上がってよく見ると、それはちっちゃなふくろうだった。小さい体には大き過ぎる手紙を運んでいる。ほんとうにチビのふくろうで、走る汽車の気流にあおられ、あっちへふらふら、こっちへふらふら、でんぐり返ってばかりいる。

ハリーは急いで窓を開け、腕を伸ばしてそれをつかまえた。ふわふわのスニッチのような感触だった。そっと中に入れてやった。

ふくろうはハリーの席に手紙を落とすと、コンパートメントの中をブンブン飛び回りはじめた。任務をはたして、誇らしく、うれしくてたまらない様子だ。ヘドウィグは気に入らない様子で、くちばしをカチカチ鳴らし、威厳を示した。クルックシャンクスは椅子に座りなおし、大きな黄色い目でふくろうを追っていた。それに気づいたロンが、ふくろうをサッとつかんで、危険な目線から遠ざけた。

ハリーは手紙を取り上げた。ハリー宛だった。乱暴に封を破り、手紙を読んだハリーが、叫んだ。

「シリウスからだ！」

「えーっ！」

ロンもハーマイオニーも興奮した。

「読んで！」

ハリー、元気かね？

君がおじさんやおばさんのところに着く前にこの手紙が届きますよう。おじさんたちがふくろう便に慣れているかどうかわからないしね。

バックビークも私も無事隠れている。この手紙が別の人の手に渡ることも考え、どこにいるかは教えないでおこう。このふくろうが信頼できるかどうか、少し心配なところがあるが、しかし、これ以上のが見つからなかったし、このふくろうは熱心にこの仕事をやりたがったのでね。

吸魂鬼がまだ私を探していることと思うが、ここにいれば、私を見つけることはとうてい望めまい。もうすぐ何人かのマグルに私の姿を目撃させるつもりだ。ホグワーツから遠く離れたところでね。そうすれば城の警備は解かれるだろう。

短い間しか君と会っていないので、ついぞ話す機会がなかったことがある。ファイアボルトを贈ったのは私だ――。

「ほら！」ハーマイオニーが勝ち誇ったように言った。「ね！　ブラックからだって言ったとおりでしょ！」

「ああ、だけど、呪いなんかかけてなかったじゃないか。え？」ロンが切り返した。

「アイタッ！」

チビのふくろうは、ロンの手の中でうれしそうにホーホー鳴いていたが、指を一本かじったのだ。自分では愛情を込めたつもりらしい。

クルックシャンクスが私にかわって、注文をふくろう事務所に届けてくれた。君の名前で注文したが、金貨はグリンゴッツ銀行の711番金庫――私の物だが――そこから引き出すよう業者に指示した。君の名付け親から、十三回分の誕生日をまとめてのプレゼントだと思ってほしい。

去年、君がおじさんの家を出たあの夜に、君を怖がらせてしまったことも許してくれたまえ。北に向かう旅を始める前に、一目君を見ておきたいと思っただけなのだ。しかし、私の姿は君を驚かせてしまったことだろう。

来年の君のホグワーツでの生活がより楽しくなるよう、ある物を同封した。
私が必要になったら、手紙をくれたまえ。君のふくろうが私を見つけるだろう。また近いうちに手紙を書くよ。

シリウス

ハリーは封筒の中をよく探した。もう一枚羊皮紙が入っている。急いで読み終えたハリーは、まるでバタービールを一本一気飲みしたかのように急に温かく満ち足りた気分になった。

私、シリウス・ブラックは、ハリー・ポッターの名付け親として、ここに週末のホグズミード行きの許可を、与えるものである。

「ダンブルドアだったら、これで充分だ！」
ハリーは幸せそうに言った。そして、もう一度シリウスの手紙を見た。
「ちょっと待って。追伸がある……」

よかったら、君の友人のロンがこのふくろうを飼ってくれたまえ。ネズミがいなくなったのは私のせいだし。

ロンは目を丸くした。チビふくろうはまだ興奮してホーホー鳴いている。

「こいつを飼うって？」

ロンは何か迷っているようだった。ちょっとの間、ふくろうをしげしげと見ていたが、それから、驚くハリーとハーマイオニーの目の前で、ロンはふくろうをクルックシャンクスのほうに突き出し、においをかがせた。

「どう思う？」ロンが猫に聞いた。「まちがいなくふくろうなの？」

クルックシャンクスが満足げにゴロゴロとのどを鳴らした。

「僕にはそれで充分な答えさ」ロンがうれしそうに言った。「こいつは僕の物だ」

キングズ・クロス駅までずっと、ハリーはシリウスからの手紙を何度も何度も読み返した。ハリー、ロン、ハーマイオニーが九と四分の三番線ホームから柵を通って反対側に戻ってきたときも、手紙はハリーの手にしっかりと握られていた。

ハリーはすぐにバーノンおじさんを見つけた。ウィーズリー夫妻から充分に距離を置いて、疑わしげに二人をちらちら見ながら立っていた。ウィーズリー夫人がハリーをお帰りなさいと抱きしめたとき、この夫婦を疑っていたおじさんの最悪の推測が、やっぱりそうだ、と確認されたようだった。

ハリーがロンとハーマイオニーに別れを告げて、カートにトランクとヘドウィグのかごをのせ、バーノンおじさんのほうへ歩きだしたとき、ロンがその後ろ姿に大声で呼びかけた。

「ワールド・カップのことで電話するからな！」

「そりゃ何だ？」

ハリーがしっかり握りしめたままの封筒を見て、おじさんがすごんだ。

「またわしがサインせにゃならん書類なら、おまえはまた――」

「ちがうよ」ハリーは楽しげに言った。「これ、僕の名付け親からの手紙なんだ」

「名付け親だと？」バーノンおじさんがしどろもどろになった。

「おまえに名付け親なんぞいないわい！」

「いるよ」ハリーは生き生きしていた。

「父さん、母さんの親友だった人なんだ。殺人犯だけど、魔法使いの牢を脱獄して、逃亡中だよ。

ただ、僕といつも連絡を取りたいらしい……僕がどうしてるか、知りたいんだって……幸せかどうかたしかめたいんだって……」

バーノンおじさんの顔に恐怖の色が浮かんだのを見てニヤリとしながら、カートにのせたヘドウィグの鳥かごをカタカタさせ、ハリーは駅の出口へ向かった。どうやら、去年よりはずっとましな夏休みになりそうだ。

J.K. ローリング 作

不朽の人気を誇る「ハリー・ポッター」シリーズの著者。1990年、旅の途中の遅延した列車の中で「ハリー・ポッター」のアイデアを思いつくと、全7冊のシリーズを構想して執筆を開始。1997 年に第1巻『ハリー・ポッターと賢者の石』が出版、その後、完結までにはさらに10年を費やし、2007年に第7巻となる『ハリー・ポッターと死の秘宝』が出版された。シリーズは現在85の言語に翻訳され、発行部数は6億部を突破、オーディオブックの累計再生時間は10億時間以上、制作された8本の映画も大ヒットとなった。また、シリーズに付随して、チャリティのための短編『クィディッチ今昔』と『幻の動物とその生息地』(ともに慈善団体〈コミック・リリーフ〉と〈ルーモス〉を支援)、『吟遊詩人ビードルの物語』(〈ルーモス〉を支援)も執筆。『幻の動物とその生息地』は魔法動物学者ニュート・スキャマンダーを主人公とした映画「ファンタスティック・ビースト」シリーズが生まれるきっかけとなった。大人になったハリーの物語は舞台劇『ハリー・ポッターと呪いの子』へと続き、ジョン・ティファニー、ジャック・ソーンとともに執筆した脚本も、書籍化された。その他の児童書に『イッカボッグ』(2020年)『クリスマス・ピッグ』(2021年)があるほか、ロバート・ガルブレイスのペンネームで発表し、ベストセラーとなった大人向け犯罪小説「コーモラン・ストライク」シリーズも含め、その執筆活動に対し多くの賞や勲章を授与されている。J.K. ローリングは、慈善信託〈ボラント〉を通じて多くの人道的活動を支援するほか、性的暴行を受けた女性の支援センター〈ベイラズ・プレイス〉、子供向け慈善団体〈ルーモス〉の創設者でもある。

J.K. ローリングに関するさらに詳しい情報はjkrowlingstories.comで。

松岡佑子 訳

翻訳家。国際基督教大学卒、モントレー国際大学院大学国際政治学修士。日本ペンクラブ館員。スイス在住。訳書に「ハリー・ポター」シリーズ全7巻のほか、「少年冒険家トム」シリーズ、映画オリジナル脚本版「ファンタスティック・ビースト」シリーズ、『ブーツをはいたキティのはなし』、『とても良い人生のために』『イッカボッグ』『クリスマス・ピッグ』(以上静山社)がある。

静山社ペガサス文庫

ハリー・ポター 6

ハリー・ポターとアズカバンの囚人〈新装版〉3-2

2024年7月9日　第 1 刷発行

作者　J.K.ローリング
訳者　松岡佑子
発行者　松岡佑子
発行所　株式会社静山社
〒102-0073 東京都千代田区九段北1-15-15
電話・営業 03-5210-7221
https://www.sayzansha.com
装画　ダン・シュレシンジャー
装丁　城所 潤(ジュン・キドコロ・デザイン)
印刷・製本　中央精版印刷株式会社

本書の無断複写複製は著作権法により例外を除き禁じられています。
また、私的使用以外のいかなる電子的複写複製も認められておりません。
落丁・乱丁の場合はお取り替えいたします。

© Yuko Matsuoka 2024 ISBN 978-4-86389-865-3 Printed in Japan
Published by Say-zan-sha Publications Ltd.

「静山社ペガサス文庫」創刊のことば

小さくてもきらりと光る、星のような物語を届けたい――一九七九年の創業以来、静山社が抱き続けてきた願いをこめて、少年少女のための文庫「静山社ペガサス文庫」を創刊します。

読書は、みなさんの心に眠っている想像の羽を広げ、未知の世界へいざないます。読書体験をとおしてつちかわれた想像力は、楽しいとき、苦しいとき、悲しいとき、どんなときにも、みなさんに勇気を与えてくれるでしょう。

ギリシャ神話に登場する天馬・ペガサスのように、大きなつばさとたくましい足、しなやかな心で、みなさんが物語の世界を、自由にかけまわってくださることを願っています。

二〇一四年

静山社